第七届长江韬奋奖得主倾述长城故事

中国脊梁

王喜民◎著

河北出版传媒集团
花山文艺出版社
河北·石家庄

图书在版编目（CIP）数据

中国脊梁 / 王喜民著. -- 石家庄 : 花山文艺出版社, 2024.12
ISBN 978-7-5511-0522-4

Ⅰ. ①中… Ⅱ. ①王… Ⅲ. ①报告文学－中国－当代
Ⅳ. ①I25

中国国家版本馆CIP数据核字(2023)第214059号

书　　名：**中国脊梁**
ZHONGGUO JILIANG
著　　者：王喜民

责任编辑：刘燕军　王李子
责任校对：李　伟
封面设计：陈　淼
出版发行：花山文艺出版社（邮政编码：050061）
（河北省石家庄市友谊北大街330号）
销售热线：0311-88643299/96/17
印　　刷：保定华升印刷有限公司
经　　销：新华书店
开　　本：700毫米×1000毫米　1/16
印　　张：20.5
字　　数：283千字
版　　次：2024年12月第1版
2024年12月第1次印刷
书　　号：ISBN 978-7-5511-0522-4
定　　价：98.00元

序

长城，中华民族的象征！

长城，中华民族的脊梁！

长城，中华民族的智慧！

长城，中华民族的图腾！

看吧：一条巨龙从山海关穿越莽莽燕山、巍巍太行，过黄土高原、腾格里沙漠到嘉峪关。这，就是长城！

听吧：起来！不愿做奴隶的人们！把我们的血肉，筑成我们新的长城！这，就是我们心灵深处的长城！

万里长城，它是中华民族坚不可摧的意志、勇气和力量的标志！当我们高唱《中华人民共和国国歌》时，在我们心目中自然升腾起百折不挠、众志成城、顽强不屈的民族精神和坚强意志、信念，增强中华民族的自豪感、自信心和爱国主义热情！

党和国家对长城建设保护十分重视。

2019 年 7 月 24 日，中央全面深化改革委员会会议审议通过了《长城、大运河、长征国家文化公园建设方案》（简称《方案》）。中共中央办公厅、国务院办公厅印发了《方案》，并发出通知，要求各地区各部门结合实际认真贯彻落实。

其中，长城国家文化公园沿线 15 个省区市依托长城文物和文化资源，着力将长城国家文化公园打造为弘扬民族精神、传承中华文明的重要标志。

目前，沿长城省区市区正在启动实施长城国家文化公园建设保护项目。

长城主要分布在河北、北京、天津、山西、陕西、甘肃、内蒙古、黑龙江、吉林、辽宁、山东、河南、青海、宁夏、新疆等 15 个省、市、自治区，其中明长城总长度 8851.8 公里，秦汉及早期长城 1 万多公里，总长超过 2.1 万公里。现存长城墙体、壕堑、界壕、关堡等总计 4.3 万余处。

长城建造历史可上溯到西周时期，自秦始皇以后的汉、晋、北魏、东魏、西魏、北齐、北周、隋、唐、宋、辽、金、元、明、清等 10 多个朝代修筑长城，延续 2000 多年。

长城，沿线上百关口既有厚重的文化内涵，又是一道亮丽的风景线。长城关口主要有山海关、喜峰口、黄崖关、将军关、古北口、居庸关、独石口、张家口、紫荆关、倒马关、井陉关、娘子关、平型关、雁门关、偏头关、杀虎口、嘉峪关、阳关、玉门关等，还有城墙、敌楼、关城、墩堡、烽火台、烽燧多种防御建筑。

长城上的众多关口建筑风格不一，设计形式异样，年代时期有别，文化内涵不同。

纵观万里长城，每一个关口、每一座烽燧都有一段故事：山海关的孟姜女哭长城、黄崖关的寡妇楼、娘子关的娘子军、杀虎口的走西口、三关口的贺兰山岩画、嘉峪关的“二龙戏珠”、克孜尔尕哈烽燧的“红色哨卡”……

长城，作为历史文化遗产，有着博大精深的文化底蕴。

历史上以长城为中心的东西、南北文化交流和贸易往来，因长城打开通商之路。长城沿线的秦权、诏版，内蒙古和林格尔汉墓壁画、昭君和亲故事等，都是南北文化交流融合的典范。沿长城文化带，各朝历代留下了宝贵的历史文化遗迹，其中有清东陵、元中都、荆轲塔、居庸关云台、五台山寺庙、悬空寺、云冈石窟、成吉思汗陵、青铜峡、麦积山、万佛堂石窟壁画、敦煌石窟等，彰显了文化底蕴，标志着中华民族历史文化光辉灿烂。长城，可谓一部中国厚重的文化史诗。

长城，是一道坚不可摧的钢铁长城，是中华民族坚强勇敢的符号，凝聚着中国人民众志成城、坚韧不拔、英勇激昂的爱国热情。抗日战争期间，共产党领导军民团结一心，在长城沿线与日本侵略者进行了浴血奋战。从喜峰口“大刀向鬼子们头上砍去”，到古北口“与日抗争血染长城”；从紫荆关“抗日救国会挥刀日军”到平型关举世闻名的“抗日大捷”，还有抗日烽火雁门关之战、娘子关之战、倒马关之战……书写了一页页、一幅幅英勇坚强的历史画卷，诠释了英勇的中国人民团结一心、众志成城的长城精神！

万里长城永不倒！长城保护任重道远，长城精神永续传承。长城沿线辛勤的华夏儿女对守护长城，建设好长城文化带，保护好生态环境，有着义不容辞的责任也涌现出了太行愚公李保国、毛乌素大漠治沙人等典型人物和事迹，让万里长城在祖国大地更壮美、更雄健。

宏伟壮观的万里长城是中国的宝贵文化遗产，1961 年长城被国务院公布为第一批全国重点文物保护单位，1987 年 12 月长城被列入《世界遗产名录》，成为我国首批世界文化遗产。这足以说明，长城是我国现存体量最大、分布范围最广的文化遗产，它以上下两千年、纵横数万里的时空跨度，被誉为人类历史上最宏伟壮丽的建筑奇迹和无与伦比的文化景观。

长城，雄伟壮观的人间奇迹，引发伟人将士、文人墨客及国际友人的赞叹!

"望长城内外，惟余莽莽"这是毛泽东诗词对长城的描述。汪遵的"秦筑长城比铁牢，蕃戎不敢过临洮"、陆游的"千金募战士，万里筑长城"、王维的"劝君更尽一杯酒，西出阳关无故人"、王昌龄的"撩乱边愁听不尽，高高秋月照长城"等名句都出现了长城。

长城不仅是中国的，也是世界的。长城是人类建筑史上的伟大奇迹，是世界上最非凡、最伟大的古老建筑之一。外国来客包括各国国家元首到我国来访，首选游长城，都发出惊叹。

长城，是中国的名片、符号和代表。在联合国总部，所挂绘有万里长城图案的大型挂毯，受到众多国际友人的好评和称赞!

"风景这边独好""不到长城非好汉"。来吧！长城有极致的自然风光和人文景观。每当初春，角山长城"千树万树梨花开"；盛夏的燕山长城，蜿蜒在茫茫的崇山峻岭中；深秋的太行长城，层林尽染一片火海；而冬季祁连山下的长城则是"山舞银蛇，原驰蜡象"……

去吧，长城在招手!

走吧，长城欢迎您!

致敬：长城，龙之图腾!

拥抱：长城，国之脊梁!

2022年10月28日于石家庄

目　录

第一章

河北段：巍巍燕山、太行山上腾起的巨龙

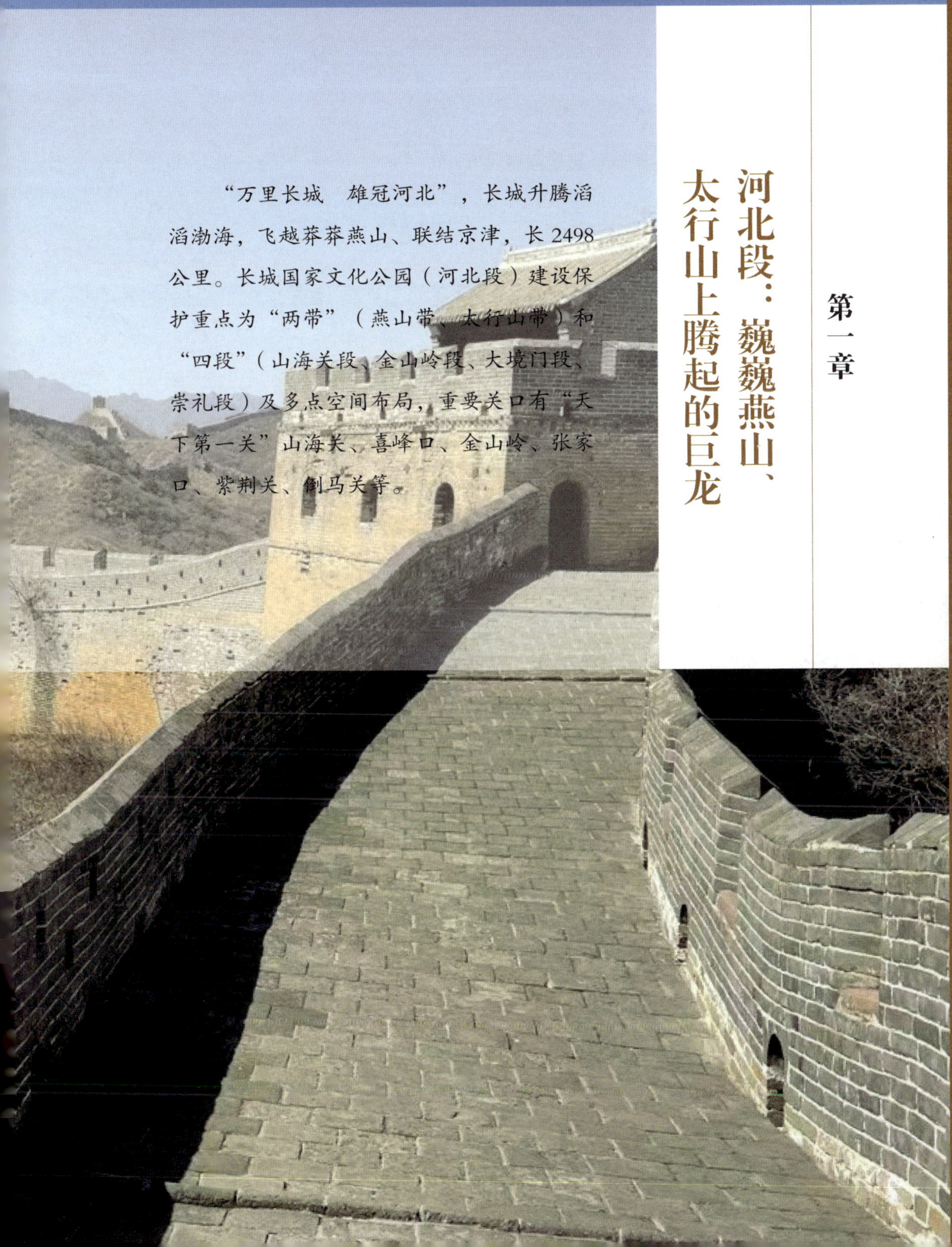

“万里长城　雄冠河北”，长城升腾滔滔渤海，飞越莽莽燕山、联结京津，长 2498 公里。长城国家文化公园（河北段）建设保护重点为“两带”（燕山带、太行山带）和“四段”（山海关段、金山岭段、大境门段、崇礼段）及多点空间布局，重要关口有“天下第一关”山海关、喜峰口、金山岭、张家口、紫荆关、倒马关等。

天下第一關

山海关：
天下第一关·角山·老龙头

一道莽莽的燕山……

一片滔滔的渤海……

一座巍巍的雄关……

山、海、关，同框并出，天下第一！

这，就是闻名遐迩的“山海关”！

这，就是万里长城“天下第一关”！

如若打开河北省地图，顺长城标线由西而东，将视线沿燕山移至渤海湾，即河北段长城的尽头山海关。

在中央电视台《新闻联播》节目前播出“万里长城　雄冠河北”的宣传语的同时，屏幕展现出雄伟壮丽的山海关和金山岭长城，让全国观众领略了气势磅礴的长城河北段风采。这是河北省文化和旅游厅为提升长城河北段美誉的独特创意！

天下第一关

山海关，人们习惯上认为它是明长城的始端，是因为山海关的名气太大了。其实，山海关真正的位置位于明长城东端，是明长城唯一与大海相交汇的地方。

迎着阳光初照，披着满天彩霞，我阔步走到山海关前。

峥嵘岁月，时光荏苒。

突然感到：山海关变了！过去的山海关墙上写着“农业学大寨”“备战、备荒、为人民”的字样，这是历史的记录，时代的变化。特别是今天长城国家文化公园建设保护工程的启动，给山海关带来了机遇！

陪同采访的是秦皇岛的邵兴潮，他对山海关了如指掌：长城国家文化公园（河北段）建设保护重点为“两带、四段、多点”空间布局，包含山海关。山海关是重点中的重点，因为它既在“两带”之中，即“燕山带”，又在“四段”之列，即“山海关段”。

这时，邵先生指着北边的建筑工地说：“长城国家文化公园（山海关段）建设开工了！”

建设工地，机器轰鸣，塔吊林立，呈现出一派战天斗地的景象。

接着邵先生说：“那是山海关中国长城文化博物馆建设工地。山海关中国长城文化博物馆是长城国家文化公园（河北段）建设的重大标志性项目，用地面积约106亩，总投资4.2亿元。其中，展陈面积1万平方米，将建设中国长城文化陈列展厅、长城国家文化公园展厅等。”

拾级而上，登上山海关城楼，第一眼望到耸立在城楼之上的牌匾“天下第一关”，即刻让人震撼！令人惊叹！叫人感慨！

面对长城——中华民族的脊梁，怎么不让人动容呢：这是中华民族的象征！这是中华民族的精神支柱！

上次来到山海关登楼观长城，与这一次大有不同的感受和感叹！

站在城楼向北眺望，只见巍巍长城蜿蜒而上，向角上伸展、延长，雄伟壮丽，气势磅礴！当转身朝南面向大海，雾气蒙蒙，气象万千！山海关太美了！

山海关，是长城的第一个关隘，命名为“万里长城第一关——天下第一关”，可见它的关口何等举足轻重！

长城除山海关，还有很多关口，其中山海关、居庸关、嘉峪关并称为万里长城三大名关！

漫步万里长城，放眼万里长城，这时，想到了我们祖先的伟大和华夏子孙的智慧！

邵兴潮指着长城介绍了山海关的情况。

山海关，东距沈阳 400 公里，西距北京 300 多公里。北高山巍巍，南渤海滔滔，地势险要。万里长城把山、海、关连成一体，如虎踞龙盘，控制海陆咽喉。《畿辅通志》称山海关的形势为“长城之枕护燕蓟，为京师屏翰，拥雄关为辽左咽喉”，故素有“两京锁钥无双地，万里长城第一关”之说。

“天下第一关”城楼，又称镇东楼，俗称箭楼，是山海关城的东门。因它地处要隘，是万里长城东起第一关。“天下第一关”城楼始建于 1381 年，整个城楼建筑雄伟，气势浩然。尤其城楼牌匾上刻的“天下第一关”5 个大字非常雄浑。

邵先生就这块匾，讲了日本的侵略，他说：“山海关原有 5 块这种牌匾，有 1 块在日本。”

问：“为什么在日本？”

答：“那是日本侵略中国时劫走的！”

据由伍联德创办的《良友画报》1933 年第七十四期上著文载：“日

本在新年初一用飞机和大炮轰击山海关。号称天下第一关的山海关不到第二天就失守了。‘天下第一关’牌匾已经作为日本军国主义的胜利品运到东京，陈列在九段上的‘游就馆’了。”

提到日本的掠夺，就从这块匾说起，这里是爱国主义教育最好的例子。

接着，邵先生介绍了我国人民在山海关的抗日之战，他说：“1933年，驻守山海关的东北军，率部奋起抵抗日本帝国主义的进攻，打响了长城抗战的第一枪。”

我听了后便问：“后来呢？”

邵先生答：“后来我冀热辽军区子弟兵一举解放了被日本帝国主义侵略者践踏12年之久的山海关。”

“抗战胜利来之不易！”

邵先生说“为了保卫抗战胜利果实，山海关革命军民在党的领导下，凭借古城的险要地势，以1万多兵力，抗击7万之众的国民党军队的进攻，激战22个昼夜之后，完成了阻击任务，这就是著名的山海关保卫战。它为我军进军东北争取了宝贵时间，为解放全东北乃至解放全中国做出了重要贡献。”

山海关不仅记录了抗战史，还记录了600多年来的沧桑变化，成为历史的见证。而今它仍以其瑰丽的雄姿，屹立在渤海之滨、长城之首，展现着祖国雄伟壮丽的景观！而长城上这座古老而雄伟的城楼，更为多少人所向往追寻。今日登上城楼，看“中国脊梁”，听“抗日战争”，面对祖国的大好河山，倍增爱国之情！

角　山

沿长城行，见到城墙砖上有人涂鸦，有人签名，邵先生介绍：“保护长城，人人有责。现在还是有人在长城砖上刻字留念，很不文明。”

在山海关，现在立有“爱我中华　修我长城”石碑，怎么还有人如此不讲文明，实在让人难以想象和理解！

我们一边走一边谈论：

“对破坏长城者不能手软！”

“对偷挖长城城墙砖的应严加处理！”

“长城国家文化公园的建设保护方案的实施，一定会使长城的保护好起来。”

转眼，走到角山脚下。为什么叫角山？是因为山顶有巨石嵯，恰似龙首戴角，故名“角山”。角山是万里长城从老龙头起，越山海关、跨燕山丛岭的第一座高峰，为山海关天然屏障。角山长城是万里长城自老龙头起蜿蜒爬山的首段，因此又有“万里长城第一山”之称。

角山由山、城、寺组合一体，大门仿明代城堡，造型像个“山”字。上有题匾“角山长城”，背面“碧海雄峰”为当代诗人贺敬之题。角山长城蜿蜒，烽台险峻、风景如画，这里“榆关八景”中的“山寺雨晴”“瑞莲捧日”及奇妙的“栖贤佛光”，吸引力很大。

角山长城指由山脚到主峰大平顶的1500米长城，全长4公里。长城依山势直冲云霄，地势险峻。

开始攀爬了。攀登中，看到了敌台、城台串联，垛堞呈阶梯状布置。长城威严的气势与雄伟的山峦浑然一体，很有看点。

途中，专程参观了角山寺。角山寺处在山腰的丛林中，背靠燕山，面向渤海，此寺又称栖贤寺。

经过敌楼、城台、关隘、哨楼、镇虏台，最后终于登上角山长城的顶峰，望原野、丛山、大海，其乐融融！望着角山顶峰的无限风光，想起了明代陈绾的诗："每日城中见角山，入山始觉远人寰。"

角山，只有不怕艰险的人才敢于攀登，敢于试身！也只有到了顶端才能感受到"无限风光在险峰"！

老龙头

从角山下来，专程去老龙头。

站在海边，看到长城与大海交汇，碧海金沙，天开海岳，气势磅礴，明万里长城从这里入海，真是“长城大海接天际”啊！

伴随着波涛汹涌、云水苍茫的大海，在入海石城眺望，老龙头长城伸入大海的气势又一次展现，整个长城屹立于海水之中。

这座海中长城，构成了封锁海面的制高点；南浸万顷波涛，以长城海中的端头部分，组成了雄奇险峻的海上堡垒。

老龙头的入海石城，犹如龙头探入大海，弄涛舞浪，故名“老龙头”。

老龙头是一块岬角高地，海蚀断崖，岩洞石穴，呈多样地形。老龙头从入海石城算起，向上有靖卤台、南海口关、澄海楼、宁海城和滨海长城等6部分建筑组成。

登上入海石城向四周观察，这座石城伸入海中，只见石块夹砌，垒起石墙。

参观入海石城后，过靖卤台、南海口关，又到达澄海楼。

澄海楼是双层重檐歇山顶式，九脊飞翘，砖木结构。楼下有石阶直通海岸，楼上匾额“澄海楼”三个大字为乾隆御笔。

康熙皇帝在《澄海楼》序记述：“关城堡也，直峙海浒，城根皆以铁釜为基，过其下者覆釜历历在目。不知其几千万也，京口之铁瓮徒虚语耳。”

有“长城连海水连天，人上飞楼百尺巅”之称的澄海楼是老龙头的制高点，也是滨海长城的精华，其名因乾隆帝“日晖月华从太始，天溶海色本澄清”之意而得。

站在澄海楼，看一望无际的大海，滔滔而去，汹涌澎湃，非常壮观！

讲解员说，1900 年，八国联军进犯山海关，一路烧杀抢掠，老龙头炮台被毁，澄海楼被付之一炬，仅存下“天开海岳”碑依然立在老龙头上，后又重建。

澄海楼为观海胜地，文人墨客纷纷到此观海览胜，并留下了许多诗篇。澄海楼悬有乾隆八年（1743 年）题“元气混茫”，明代大学士孙承宗所题“雄襟万里”四字匾，还有文学大家李攀龙、顾炎武、魏源等都在此留下诗篇，清康熙皇帝、乾隆皇帝、雍正皇帝、嘉靖皇帝、道光皇帝等也都曾“入榆关登海楼望海”，仅乾隆皇帝 1 人就 4 次到此凭楼观潮，并留下御书墨迹，赞颂了澄海楼巍峨壮丽的大好景色。

老龙头，万里长城的入海口，祖国脊梁的首端！

人说诗在远方，其实诗在水中。在老龙头观水中长城很有诗意，更

有意境……

恋恋不舍地离开老龙头，又匆匆赶到凤凰山，眼帘中呈现一座庙宇。原来这是孟姜女庙，又叫贞女祠。据《临榆县志》记载："贞女祠，在东关外十三里望夫石之巅，祀孟姜女。此祠创建于宋以前，至明万历间主事张栋重建，崇祯时副使范志完重修，清康熙间曹安宇葺而新焉。"

沿着108级台阶拾级而上，攀爬中听介绍说"108"大有讲究，含义深广。青铜峡的108塔，梁山的108将……都是这个数字。

一边爬台阶，心里一边琢磨：第一次到孟姜庙，冷冷清清，没有一点儿生机，也没有见到一个人。

瞬间，到达108顶，山门上写着"贞女祠"三个大字。显然，这就是孟姜女庙了！

跨过门槛，映入眼帘的是一副很特别的对联：

海水朝朝朝朝朝朝朝落
浮云长长长长长长长消

进入庙门，但见孟姜女泥像：素颜、愁容、寡情，注视前方，看她那忧郁目光隐含着无限的哀怨。在此，可以想象当年孟姜女千里迢迢寻夫的凄凉心情……

孟姜女像后有一神龛，上楣题额："万古流芳"。

孟姜女庙石壁上嵌镶有多块卧碑，上面刻有乾隆皇帝、嘉庆皇帝、

道光皇帝等的题诗。其中乾隆御题："墨胎可比伯夷贤，戊戌曾经此泐篇。"

绕开孟姜女庙，我们在庙后看到了"望夫石"，传说这是孟姜女登石望夫留下的遗迹，石上刻有三个大字"望夫石"。

"望夫石"成了忠贞的象征，感动得乾隆也在这"望夫石"上留下了亲笔御题。

孟姜女，千里寻夫到长城，哭倒长城 800 里。孟姜女，忠贞而刚烈，平凡而高节！

夜幕降临，万家灯火，山海关沉浸在万里长城之下……

晚餐中，谈话的议题自然离不开长城。山海关的同仁介绍：山海关已正式列入长城国家文化公园建设保护项目之中，而山海关制定了一整套具体实施方案。山海关区旅游和文化广电局党组书记赵志勇说的一段话概括得非常精准："以'一馆一园一城'建设为突破口，全力打造长城之首（老龙头）、长城之眼（山海关长城博物馆）、长城之关（天下第一关）、长城之城（山海关古城），叫响天下第一关长城品牌。"

谈到长城国家文化公园（秦皇岛段）时，邵兴潮激情澎湃："秦皇岛长城资源丰富，全长 223.1 公里，东起老龙头入海口，西至青龙县城子岭口，集海上长城、平原长城、高山长城于一身。除山海关长城外，还有板厂峪、冰塘峪、拿子峪长城及九门口的点将台等，都纳入长城国家文化公园规划中。"

餐饮中，服务员助兴唱了《长城谣》：

> 万里长城万里长，
> 长城外面是故乡。
> 四万万同胞心一条，
> 新的长城万里长。
> …………

歌声，飞向燕山、飘向渤海、荡漾雄关……

山海关，沐浴着长城国家文化公园建设保护规则启动的热潮，升腾长城内外……

喜峰口：
抗战歌《大刀进行曲》诞生地

山高水长，路程遥远……

告别山海关，顺长城西行过响山、桃林口、大嘴山到达喜峰口。

这是长城行的第二站。

到达喜峰口，首先来到喜峰口下的“大刀园”前。

耳旁，《大刀进行曲》分外嘹亮：

> 大刀向鬼子们的头上砍去，
> 全国爱国的同胞们，
> 抗战的一天来到了，
> …………

伴着《大刀进行曲》我走到“大刀园”门前。目光中，只见大门口是一把30米长、20吨重的巨型大刀造型，刀上写着“中华抗战第一刀”7个大字。

大刀太醒目了！这把刀号称“天下第一刀”，世上罕见！

这时，喜峰口旅游开发有限公司董事长张国华走来，这处“大刀园”

是他一手策划的。他说：“喜峰口长城抗战纪念展览馆已被列入长城国家文化公园建设保护规划方案。”

我问：“张董事长，为什么要建大刀园？”

张董事长答：“这是我们2005年投资兴建的，为了缅怀民族先烈，重温抗战历史！”

我问：“出于什么想法？突出大刀？”

张董事长答：“《大刀进行曲》！”

张董事长凝视了一下大刀，接着说：“喜峰口战役，最惨烈的是老

婆山战役。我军 500 人的大刀队绕过悬崖峭壁，与日本鬼子展开了肉搏战，牺牲了 477 人，只生还了 23 人。”

张董事长停了一下又介绍：“这里是著名爱国歌曲《大刀进行曲》的诞生地，是抗日英雄 29 军军长宋哲元等当年浴血奋战之地，1933 年的喜峰口战役已被写入世界军事史册，这里定为爱国主义教育基地，我们顺势开发成大刀园。”

我问：“与长城有关的项目是什么？”

张董事长讲：“我们不仅开发了大刀园，还投入 1.8 亿元资金，完成了喜峰口长城抗战纪念碑、主题雕塑、钢铁长城、大刀礼赞、长城抗战博物馆、草根廉政教育厅、红色放映厅、喜峰口长城抗战遗址等景点建设。”

在大刀园参观，这里风景秀丽，山势险要，有完整的二道边长城，是当年日寇龟缩的地方。从长城上观看潘家口水库，波光粼粼，电影《鬼子来了》的拍摄地就在这里。

之后，又参观了长城抗战博物馆、喜峰口长城抗战旧址。在现场，张董事长详细介绍了喜峰口抗战的前前后后。

喜峰口长城自古就是交通要冲，为兵家必争之地。抗战时期，侵华日军妄图从喜峰口入关，抗日将领宋哲元率部迎敌。当年中国人民解放军东北大军挺进华北解放平津，也由此进关。

1933 年 3 月 10 日凌晨，以宋哲元为总指挥的 29 军的 37 师 3 个旅的兵力赶到，赵登禹率队在喜峰口附近与日军展开肉搏战，他们手提大刀，杀声震天，几处高地失而复得。3 月 12 日凌晨开始，两个旅分两路包抄敌营，拂晓前赵登禹到达日军特种兵宿营地，大刀队如神兵天降，痛歼睡梦中的日军。据《迁西县志》记载："从 1933 年 3 月 9 日至 3 月 13 日的喜峰口血战中，共歼灭日军 4000 余人。"

喜峰口抗战胜利的消息传到上海，当时担任"上海歌咏界战时服务团"领导者之一的作曲家麦新，热血奔涌、心潮澎湃，以火山喷发般的创作激情，连夜谱写了高亢激昂的《大刀进行曲》："大刀向鬼子们的头上砍去，二十九军的弟兄们，抗战的一天来到了，抗战的一天来到了！前面有东北的义勇军，后面有全国的老百姓，咱们二十九军不是孤军。看准那敌人，把它消灭！把它消灭！冲啊！大刀向鬼子们的头上砍去，杀！"

《大刀进行曲》塑造了挥舞大刀向鬼子勇猛冲杀的中国军人的英雄形象。它就像抗日的号令，形成了抗日战争时最典型的时代音调。

在此，想到了国歌。田汉先生的夫人安娥是石家庄人。《义勇军进行曲》创作灵感源于长城抗战。1933 年春，石家庄抗战名将、时任 29 军 109 旅副旅长的何基沣率领大刀队开赴长城喜峰口前线，夺得了自九一八事变以来的首次大捷。田汉先生是受到抗战前线那些将士们英勇牺牲的精神感染，写出了《义勇军进行曲》，写出了"把我们的血肉，筑成我们新的长城"。

喜峰口，作为长城的关口，包括喜峰口长城，开发为景点后，加大了宣传力度。而使迁西人骄傲的还有迁西板栗，享誉国内外。

喜峰口位于唐山迁西县的最北部，处在潘家口水库下游。

对于喜峰口，我再熟悉不过了。因为当记者期间，多次到迁西采访。

为什么叫喜峰口？相传昔日有人久戍不归，其父四处询问，千里来会，父子相逢于山下，相抱大笑，喜极而死，葬于此处，因此称喜峰口。后筑长城时置关，称“喜峰口关”。

六下江南的康熙大帝曾两次来喜峰口，留下了“草香遮细路，树老卧晴烟”“孝陵佳气近，缥缈翠微间”等千古名句。

喜峰口关是长城的重要关口，古时行人进出，非此道莫属。这个关口依山傍水，地势极为险要，古人称“嵯峨虎豹当大关，苍崖壁立登天难”，易守难攻。唐代诗人高適在《塞上》诗中云“东出卢龙塞，浩然客思孤。亭堠列万里，汉兵犹备胡”，南宋爱国诗人陆游曾作诗“三更抚枕忽大叫，梦中夺得松亭关”。

喜峰口，抗战歌《大刀进行曲》凝聚着多少抗战将士的精神力量！

喜峰口，增强了全国人民抗战的信心！

清东陵：
从沙石峪到皇家建筑群

从迁西县沿长城西行进入遵化市。这里的古长城、沙石峪纪念馆、清东陵是旅行者的打卡之地。

长城贯穿遵化全境，东起洪山口，西至清东陵乡，绵延燕山余脉80公里，长城保存较为完好。长城南侧，从东到西点缀着狩猎场、罗文峪长城、鹫峰山、沙石峪纪念馆、上关湖、古大洋遗迹、千年银杏园、燕山塔陵、汤泉、清东陵等，长119公里的长城旅游公路的全线贯通，似一条银线，将各个景区、景点串联在一起。

千年古长城——北齐石长城和明代砖长城在遵化相会，留下了“一步越千年”的奇特景观，是长城国家文化公园建设的重要节点。

登上罗文峪长城很感慨，这里又称罗文峪口，是万里长城遵化段的一处重要关隘。

据《四镇三关志》记载：“罗文峪关，明洪武年间建。”罗文峪关口狭窄，宽度只有4米左右，易守难攻。关城紧挨着长城城墙，现仅存西墙遗迹，关城附近的长城保存完好。

遵化市十分重视长城国家文化公园（遵化段）建设，特别邀请燕山大学中国长城文化研究与传播中心主任董耀会、常务副主任陈玉、研究员方志强一行三人赴遵化市，就长城国家文化公园（遵化段）规划、建设重点进行研究。

从罗文峪长城南行至遵化城区，再往东南走20公里，来到了沙石峪村纪念馆，这里也是一处爱国主义教育基地。

这是我第二次来沙石峪，也是再一次进沙石峪纪念馆参观。

为什么沙石峪出名？那是1962年，新华社记者李东生来沙石峪调研，被沙石峪人民自力更生、艰苦奋斗的愚公精神深深感动，欣然动笔写下《看愚公怎样移山》的长篇通讯，在《人民日报》第一版发表。国家领导人看后非常高兴，称沙石峪人民为当代“活愚公”，称沙石峪村为“中国北方农业的一面旗帜”。为此沙石峪出了名，成为全国的典型。

沙石峪，20世纪60年代就创造过“万里千担一亩田，青石板上创高产”的奇迹。今天，沙石峪为乡村振兴，仍然奋斗不止。

伴随着阵阵开山炮声，来到沙石峪山坡上。一位农民指着一块刻有

“万里千担一亩田，青石板上创高产”的石碑，心里很不平静：“为啥要立这块石碑呢？我们沙石峪有歌谣‘沙石峪沙石峪，光有石头没有地’，就是这么个穷村，那时我们组织起来100个青年，每天一挑土往返10里路，干了10天，造了1亩地。紧接着我们提出，有1亩就不愁10亩，有10亩就不愁100亩，只要努力，就可以把沙石峪都变成地。”

“开发石灰岩，还得学习沙石峪！”这是遵化人说的话。遵化市在加快改革开放步伐的今天，重新调整了经济发展格局，提出“乡村振兴，走沙石峪之路，向石灰岩进军”。

一个宏大的乡村振兴工程在遵化拉开了序幕。眼下，村村掀起开发的高潮。那一幅幅战天斗地的治山场面，鼓舞人心，人们被这里的愚公精神所感染。

在遵化，长城脚下的清东陵，占地80平方公里，是我国现存规模最宏大、体系最完整的帝王陵墓建筑群，是世界文化遗产、国家AAAAA级景区。清东陵共建有皇陵5座：顺治帝的孝陵、康熙帝的景陵、乾隆帝的裕陵、咸丰帝的定陵、同治帝的惠陵，以及东（慈安）、西（慈禧）太后等后陵4座、妃园5座、公主陵1座，共计埋葬15位皇后和

136 位妃嫔。陵内建筑雕梁画栋，宏伟壮丽。

其中，规模最为壮观的为定东陵，为清文宗咸丰帝孝钦显皇后即慈禧太后的陵寝，因为位于咸丰帝定陵之东，所以统称为定东陵。

清东陵内有大量珍宝。仅慈禧棺底铺 3 层金丝串珠锦褥和珍珠 1 层共 1 尺厚。该墓于民国十七年被冯玉祥旧部孙殿英盗掘，被盗陪葬文物有 20 余车。

孙殿英掘墓盗宝被发现后，全国舆论哗然，群众团体以及逊清皇室，包括居住在天津的溥仪等人层层上告，要求严惩，一时轰动全国……

遵化，一个罗文峪长城，一个清东陵建筑，成为旅游的胜地。

雾灵山：
攀登燕山主峰看“长城金带”

燕山招手，群峰相迎……

沿长城西行，来到“京东第一峰”——燕山主峰雾灵山脚下。

雾灵山，处在长城一线。明朝统治者为了防范蒙古各部来去如风的袭扰，重修长城。自明朝洪武年间徐达督修长城开始至明朝末年，先后20多次修筑长城。1532年，明嘉靖年间巡抚都御史王大用曾向嘉靖皇帝建议：在雾灵山修建一座城池，屯以重兵，抵御蒙古朵颜三卫兵马于长城之外，给朵颜三卫部落以沉重打击。蓟镇总兵戚继光调守蓟镇后，在雾灵山一带修筑了墙子岭关、白岭关、五虎门、黑谷关、金山岭长城等，驻守重兵、训练兵马，很好地抵御了蒙古朵颜三卫部的侵扰。隆庆六年（1572年），时任蓟镇总兵的戚继光在雾灵山下举行了10万明军实战大演习，历时20天，威震蒙古各部。

1644年，也就是明崇祯末年，清兵攻克长城边防，入主中原，雾灵山重新回归中国的统一版图，雾灵山长城成了历史的见证。

对于雾灵山，我太熟悉了！因为我于1994年夏季曾带领三位“河北林业奖”获得者来此采访过。

现在来看，大变样了！雾灵山自然保护区已成为国家AAAA级景区。

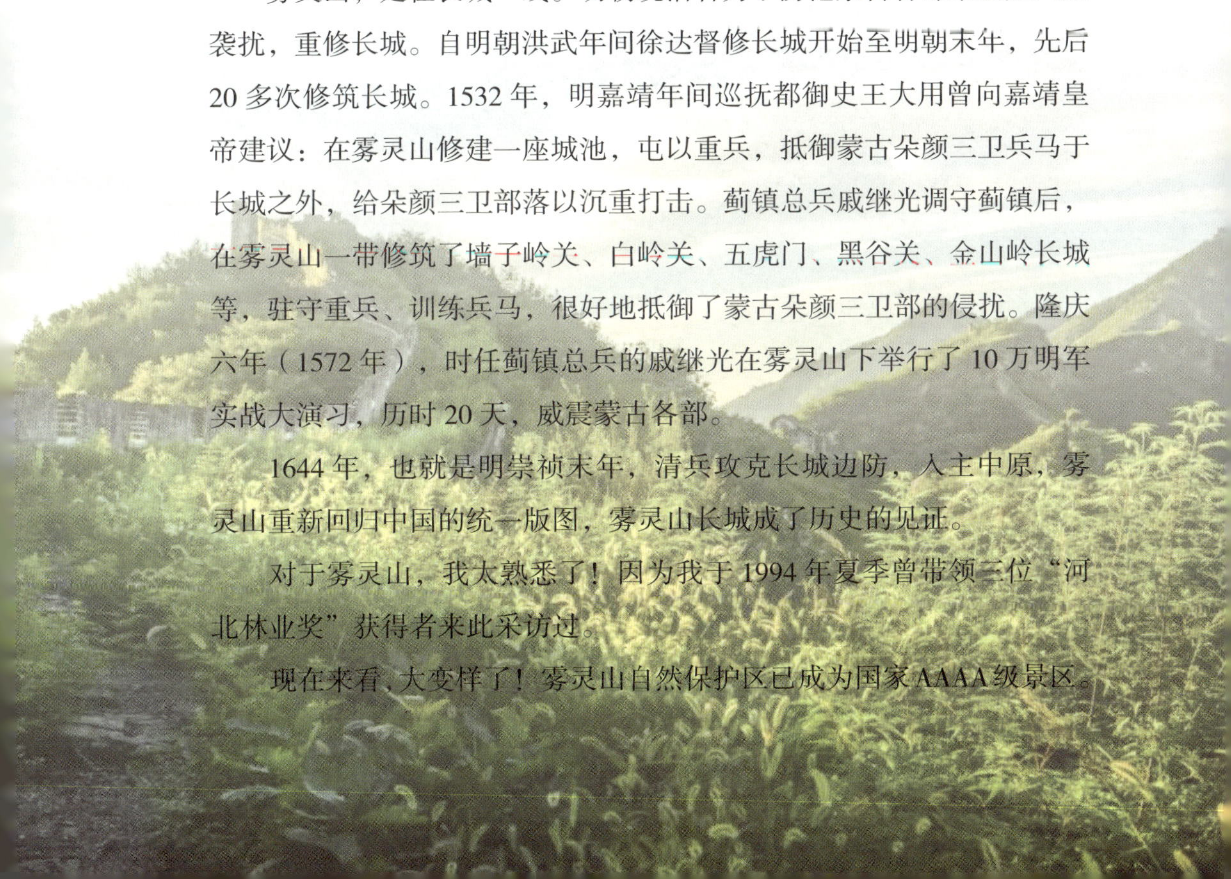

雾灵山地形地貌复杂，气候多样，有“山下飘桃花，山上飞雪花”“山下阴雨连绵，山上阳光明媚”“三里不同天，一山有三季”之称。

“雾灵山景美，不是黄山，胜似黄山”，这是游客留下的诗句。站在雾灵山脚下向上眺望，那茂密的森林，起伏的山峦，潺潺的流水，林立的怪石，奇异的野花，争鸣的小鸟，飞舞的蝴蝶，组成了一幅绚丽多彩的美妙画卷。

雾灵山有着古老的历史。悠久的历史留下了丰富的文化遗产、宝贵的名胜古迹和奇特的自然景观。山上宋代寺院记载此地曾“有僧道万余人”。

登雾灵山要穿越下古院、中古院、上古院。下古院的东梅寺至今还残存着庙基，相传寺庙鼎盛时期“有名的和尚三千六，无名的和尚赛牛毛”，老僧的眉毛为红色，故称“红眉寺”，后改东梅寺。

中古院位于仙人沟。顺仙人沟上行，一尊形似仙人的石塔矗立眼前，石塔宽9米，厚5米，高47米。看上去既似一石雕琢而成，又似以石砌成。

拔地而起的石塔边，有一条50米宽的瀑布奔流而下，溅起的浪花似冰、如玉、像云、若雪……

从石塔沿盘山路而上，就到莲花池。莲花池是平坦的盆地，只见这里金莲花、银莲花、雪莲花并蒂而开，还有红、白、兰、紫等各色山花争奇斗艳，真像到了塞外草原一样。

歪桃峰是雾灵山的主峰。当我们登上主峰顶端，看到石块上写着“燕山之巅”，标着“2118米”字样。

登上雾灵山顶，心情是激动的！尽管很冷，披着被子还冻得哆嗦，但心里热乎乎的，因为到达了山峰的极顶！

此刻，登高望远，北瞧长城如带，金光四射，长龙舞动。啊！那就是万里长城，那是祖国的脊梁！中华民族的象征！此时，怎能不让人动容呢？亲吻吧，我的长城！拥抱吧，我的祖国！

再南望，云雾缭绕，飘来飘去！

回头东看，山峦起伏，伸向远方。

再西眺，水库波光，粼粼闪闪，令人心旷神怡！

下山的路上，我们穿过原始森林，到雾灵山北坡，只见一天然巨石，30 米见方，重 7 吨多，号称“京东第一碑”。相传，明代洪武年间，中丞刘伯温巡视边陲重镇曹家寨时，曾登雾灵山，行至半山劳累烦热，歇于巨石上，忽一阵清凉之风吹来，顿觉疲劳消失，遂题“雾灵山清凉界”。

雾灵山的云海，算是一绝。走在山间，那变幻莫测的白云，一会儿似惊涛骇浪撞击山峰，一会儿如平静湖水慢慢流过山梁，一会儿像腾起的朵朵雾花飞落在悬崖峭壁。清晨日出时的云海更是波澜壮阔。

雾灵山景点除此之外，还有罕见的七盘井，主峰西侧的云峰寺，飞流直下的龙潭瀑布，遥遥相望的东西古石，含苞欲放的雾灵山樱花等，真是五彩缤纷，使人眼花缭乱、心醉神迷。

由谁来保护这些自然景观呢？重任就落在了雾灵山自然保护区同志们的肩上。他们为保护雾灵山，开发雾灵山，创造雾灵山美好的未来，奉献着一切。

雾灵山景色美！这是游客的赞叹。有的景点需要费很大力气攀登，如桃峰日出、五龙盘顶、七仙石洞、滴水湖、水盆洞、仙塔沟溪流、阳台沟等。

雾灵山，京冀交会之地，一个神秘的旅游打卡之地。

金山岭：
爬卧虎山去巴克什营长城人家

清晨，来到金山岭长城。站在长城脚下，向上仰望，万道霞光映射下的金色长城，横在蓝天白云下，巍峨蜿蜒，伸向远方，这就是著名的金山岭长城！

长城国家文化公园（河北段）建设保护重点为“两带、四段、多点”空间布局，其中包含“金山岭段”。而长城国家文化公园（承德段），金山岭长城是重中之重。承德段由明长城保护带、燕秦汉金长城区、金山岭长城区、喜峰口长城区组成“一带三区”格局，另有卧虎山长城湿地公园。承德境内的燕国、秦、汉、北齐、金、明历代长城遗产较多，清代木兰围场、避暑山庄是我国长城文化的延续与升华。

我是于 20 世纪 90 年代初第一次爬金山岭长城的。此次顺长城拾级而上，与我初次攀登时没有什么变化，变的就是沿途布设了很多路标和路牌，介绍长城的每一处景观。

攀登长城中，我问守护长城的工作人员：“长城国家文化公园建设保护工程启动了吗？”

工作人员介绍：“早就启动了！ 2021 年活动的主题为‘文物映耀百年征程’。这一年，‘国韵长城映耀百年’——2021 年‘世界文化

和自然遗产日’活动暨长城国家文化公园金山岭长城保护修缮工程开工仪式，在金山岭长城景区举行。将对金山岭长城西五眼楼至西六眼楼段5座敌楼642米墙体进行保护修缮。目前，金山岭长城保护修缮工程正在稳步推进。”

金山岭长城是万里长城的精华，素有“万里长城，金山独秀”之美誉。

金山岭长城西起著名的关口古北口，东至高耸入云的望京楼，全长10.5公里，沿线设有关隘5处，敌楼67座，烽燧3座。此段长城敌楼密集，构筑精巧，形式多样。敌楼既有平顶，也有穹隆顶、船篷顶、四角钻天顶和八角藻井顶，可谓一楼一式。影壁墙上栩栩如生的麒麟浮雕在长城中绝无仅有，文化价值颇高。这是八达岭、山海关、嘉峪关等地长城绝难媲美的，其中障墙、文字砖和挡马石是金山岭长城的三绝。

说话间，我们爬上金山岭长城第一座关楼，大有“一夫当关，万夫莫开”之感！登高望远，心旷神怡。

东看，燕山山脉第一峰雾灵山云雾缭绕；

西瞧，卧虎岭虎视眈眈、威风凛凛；

南望，密云水库波光粼粼；

北瞅，群山万里，涌浪滚滚……

长城雄伟壮丽，祖国江山如画，美哉、壮哉！

沿长城而行，让我最惊奇的是文字砖。城墙上有数以万计的带文字的城砖，砖上记载着烧制城砖的年代和名称，如“万历五年山东左营造”“万历五年宁夏营造”“万历六年振虏骑兵营造”“万历七年德州营造”等字样，也有少量万历十二年、万历二十二年的文字砖。据悉，金山岭长城上这么多文字砖，是万里长城其他段少有的。

从金山岭长城下来，过古北口，来到卧虎山长城。卧虎山处在河北省滦平县与北京市密云区交界处。此段长城始建于明朝洪武八年（1375年），全长 4.75 公里。

卧虎山！一听名字，吓人一跳。从下向上看，长城顺陡峭的山势扬长而去，雄伟壮观。

当爬到山巅，顿感视野要比金山岭长城开阔得多，北有群山环抱，南有河流平川，东西长城起伏连绵，自成一色。

我们在主峰四周俯瞰：东面雾灵山云起雾涌，西面蚂蚁岭蜿蜒曲折，

南面密云水库银光闪闪，北面桃山一派塞外风光。

卧虎山附近有令公庙、太平庙、铁门关、万寿山、野猪岭、吕祖庙、柳林营等景点，很有看点。

从卧虎山长城下来，我们来到长城脚下的巴克什营镇时已是夜幕降临。然而，五光十色的霓虹灯把这座塞外古镇照得通明发亮：开商店的，开饭馆的，摆小摊的，叫卖不止，一片喧哗……

巴克什营地处金山岭山下，是京沈、京承公路交会口，又是沟通北京、天津、辽宁、内蒙古的商品集散地，被称作塞外边关第一镇。

随着改革开放步伐的加快，滦平把巴克什营列为小特区开放，镇党委、镇政府制定了优惠政策吸引农民来镇兴办第三产业，促进乡村振兴。

沿街而行，走进长城人家，看到经商的庄稼人，穿着西服，系着领带，拿着手机，很是气派。

当走进一家饭店，立刻给人一种高雅清洁之感，餐厅雅座装修得富丽堂皇。这是一位农民投资兴建的一家涉外饭店，专门接待外国客人，老板娘说："现在搞乡村振兴，我们要拓展思路，多种经营。"

一位农民还开办了舞厅，户主接受采访时说："办舞厅在我们镇还是个新鲜事，过去我们连想都不敢想，现在我们镇的改革进度和建设速度非常快，我想文化生活也是乡村振兴的重要内容。"

开放，使农民的思想观念发生了根本变化，过去握锄把子的农民，今天也要攥攥麦克风，唱上几句，扭他一通。

独石口：长城环绕的赤城“关外第一泉”

茫茫的水草地……

片片的干枝梅……

穿越丰宁县大滩草原、围场县御道口牧场，来到塞罕坝机械林场。

这里与内蒙古接壤，有 200 多公里长的燕秦长城。

出塞罕坝，又走进巍巍燕山山脉，经过长途跋涉，进入赤城县。

到达赤城县，恰逢举行“千年唐长城，奥运添光彩”唐长城亮灯仪式。作为长城大县，赤城县境内燕、北魏、唐、明等朝代长城叠加。

赤城县域被包在内、外长城之间，周边长城东有龙门所，西有龙关，南有雕鹗，北有独石口。特别是独石口，是明长城的主要关口。

次日，我去独石口，看到这个关口为外长城南北的交通要道，形势险要，因南有独石屹立平地而得名。此地明初建城堡，为明朝抵挡外来侵略的塞外雄关之一。

独石口有“上谷之咽喉，京师之右臂”之称。我眼前的关口正好处在一座拔地而起的孤石旁，很有特点。这座耸立于关前的独石上，镌刻着“突兀孤秀”“一石飞来”两组大字，非常显赫。独石城就坐落在南北流向的两河之间，左为黄龙河，右为青龙河，背靠蜘蛛山，有“二龙

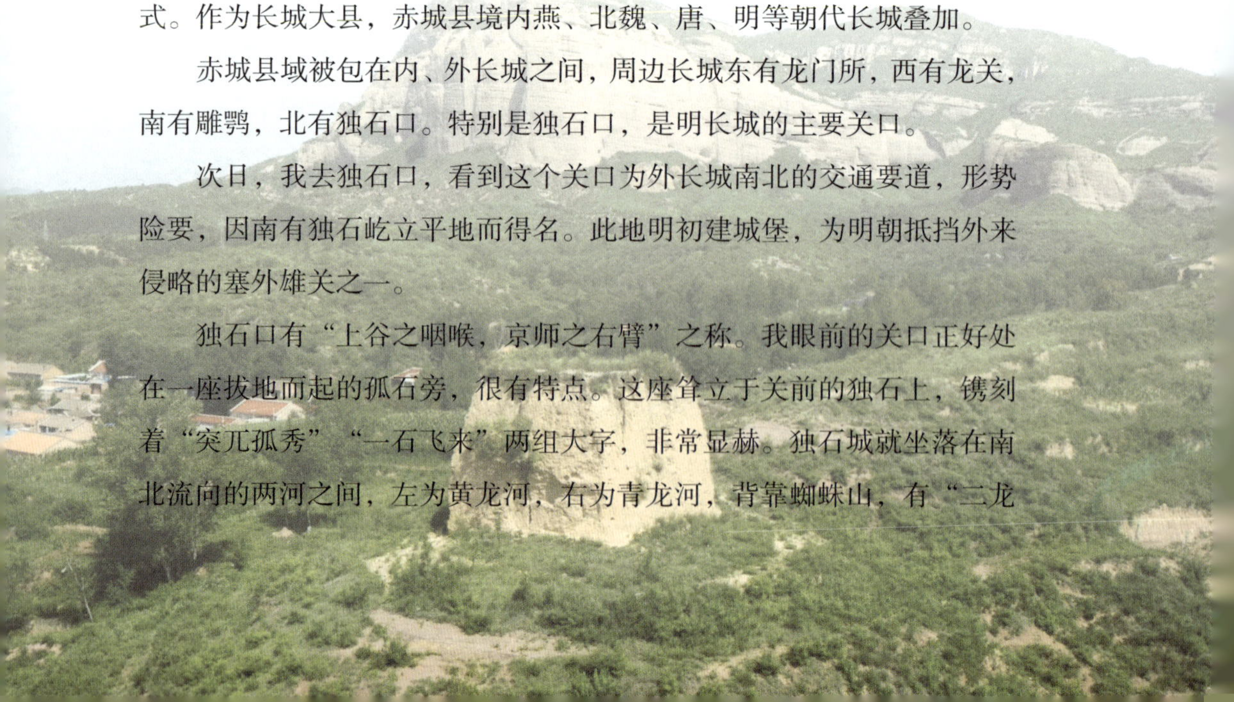

戏珠”之说。

独石口的出名就在于南卧孤根“独石”，北通险绝“隘口”，合而为一得名独石口恰如其分。

康熙皇帝玄烨于康熙三十五年（1696 年）统六军亲征噶尔丹，出塞、班师皆走望云古道，并驻跸独石口，巡察了这里的险绝山势和边关防守，康熙的驻足也使独石口名声在外。

康熙皇帝的到来，给赤城留下一行足迹，赤城人说：一处长城，一个故事；一处长城，一段历史。每处长城，都是历史的见证者！

陪同踏访的赤城县广播电视台的小王介绍：“独石口卫城保存基本完好，城后的三个隘口形制犹存。因康熙亲征噶尔丹由此出关，遗址尚在，为此独石即是这里长城、卫城的命名之源，又是亿万年地质变迁的见证。这里列入第二批长城国家文化公园建设规划。”

半个小时，我对独石口了解得一清二楚。之后，陪同人员小王建议我去温泉看看，我欣然答应。

汽车向南飞奔，窗外可见长城遗址。

40分钟车程，前边出现蒸汽，温泉到了。

站立在温泉边，呈现出“霞城生紫烟”“玉液空中吐”的壮观景象，这就是赤城的温泉啊！其实，赤城不仅有温泉，还是北京重要的饮用水源地。赤城县黑、白、红三条河全部汇入密云水库，占密云水库来水量的53%。为此，赤城有“京城一杯水，半杯源赤城”之说。

看赤城温泉，别有一番风光，四周群山峻岭，峰峦叠嶂，苍松翠柏，

草木峥嵘。

小王介绍，春天来临，百花争芳斗艳；夏季到来，青翠玉滴满山绿；秋日季节，霜叶如烧火样红；严冬之时，冰雕玉琢披银装。可谓四季如画，如入仙境。

赤城温泉历史悠久，自汉代至今已有 2000 多年历史。隋唐时将这里辟为道场。明万历六年（1578 年）直隶监察御史董应苏等立碑题字“关外第一泉”。这里有“洗心”“寒谷温泉”等石碑。

凡是来温泉的人，都会看到那升腾的冒着团团白雾的泉水。这里泉很多，其中有胃泉、眼泉、平泉、冷泉、得气泉、总泉等，泉水还能治愈病痛。

赤城县委、县政府确定全面开发温泉的战略，把旅游区建成一流的旅游观光、疗养胜地，使之成为发展赤城经济的窗口。

眼下，赤城温泉旅游区已焕发勃勃生机。

赤城，独石口长城独有特色！

赤城，温泉浴洗心别有洞天！

崇礼：
向世界展示长城画卷

崇礼，因冬季奥林匹克运动会（以下简称冬奥会）而出名。

崇礼长城资源丰富，境内长城遗址 122 公里，烽火台 153 个，有桦皮岭、长城岭、太子城遗址。

崇礼长城，被列入长城国家文化公园（河北段）建设保护重点规划，在“两带、四段、多点”空间布局中，“崇礼段”为四段之一。

崇礼区四周全部被长城遗址围绕，这在全国是极为少见的。如若打开河北省的地图册，在地图上会清清楚楚显示出周边曲曲折折的长城标线，其最北端关口是桦皮岭，最南端关口是大境门。从大境门向西北方向看，是早期的燕赵长城、秦长城、魏长城；从大境门向东南看，是保存完整的明长城。这一条环绕崇礼边界线的巨龙长城，跨越高山险峰，实在太壮观了！

特别是冬奥会，将崇礼长城推向世界。“长城脚下看冬奥，冬奥赛场看长城。”崇礼长城成为北京 2022 年冬奥会张家口赛区的一大亮点，为冬奥会增添了亮丽的文化底色。

在崇礼长城行中，我首先来到了太子城遗址。此地处在崇礼四台嘴乡张家口奥运村内，东南距北京市区 140 公里，西距崇礼区 20 公里。

太子城在太子城村附近，此村是明朝初期由山西移民到此落户而建。

2022 年冬奥会的举行，太子城村出名了。村北、村南两大滑雪场建起，村东建有冬奥会越野和跳台滑雪的比赛场。

太子城遗址南北长 400 米、东西宽 350 米，前为朝，后为寝。太子城遗址是金代（1115—1234）行宫城址。从 2017 年开始，河北省考古队对太子城遗址进行了两年多发掘，发现了一件代表金代皇家威仪的铜坐龙，太子城原来是金代皇家驻夏行宫。

离开太子城遗址和奥运村，我驱车北上，来到了明长城遗址旁的长城岭滑雪场。这里原是河北省体育局崇礼高原训练基地，是集冬季滑雪、夏季训练、户外运动、休闲避暑为一体的全民健身活动基地。

长城岭是华北地区自然滑雪条件最好的区域，雪量、雪期、雪质可与黑龙江的亚布力、吉林的北大湖等地相媲美，而风速、气温等条件均优于东北地区的滑雪场，适合室外活动而不易冻伤。长城岭，又是冬奥会滑雪的最佳比赛场地。

崇礼有古长城、古遗址，历史悠久。清朝康熙皇帝，在亲征草原叛

张家口奥运村

军噶尔丹凯旋时私访崇礼。康熙皇帝从坝上登临桦皮岭，在一座山崖上刻下“清水河”三个大字。他顺河而下私访，又留下了“白旗收妃”“西湾子吃到口酥”“响铃寺遇险”“卧龙山夜宿”等传奇故事。从此“清水河”好似龙脉，荡漾于长城脚下。

目前，河北省已有10个项目列入《长城国家文化公园（河北段）建设保护规划》。崇礼长城本体保护和景观展示亮化工程的完工，为冬奥会增添了亮丽的文化底色。

长城国家文化公园（崇礼段）以“自信自强·冬奥盛景”为主题，紧紧围绕举办冬奥会这一历史契机，打造“长城脚下冬奥会”精品长城国家文化公园。公园重点谋划项目为太子城遗址保护利用、崇礼长城保护、金家庄堡城维修，还有长城风景道户外运动建设、“长城人家”旅居产业、森林音乐会、崇礼冰雪文创商街、奥林匹克森林公园、长城山林康养小镇、长城山地观光火车等。

长城岭处在桦皮岭不远处，是崇礼的制高点，海拔2129米，因岭上有明代长城遗址而得名。这是我第三次登上海拔2000多米的长城岭。那高山草甸，那峰岭森林，潺潺溪水，好一派无限风光！

崇礼，这个长城资源丰厚之地，这个冬奥会举办之地，由古长城点亮冬奥梦，向世界展示长城雄伟、壮丽的画卷！这是崇礼、河北、中国的骄傲！

愿崇礼长城永放光彩……

大境门：
“绿色长城”万里行

采风长城来到张家口，只见长城城墙写有四个大字——大好河山，这就是长城有名的关隘大境门。

长城“大境门段”是长城国家文化公园（河北段）建设保护重点段，张家口市领导对此十分重视，曾登长城调研长城国家文化公园（大境门段）建设进展情况。

北京冬奥会火炬在“万里长城第一门”大境门进行传递；在国家跳台滑雪中心“雪如意”出发处，运动员还能看到远处明长城；夜间长城上的景观灯带成为张家口赛区的一道风景线……

张家口长城资源丰富，分布有从战国时期到明代的长城遗迹，且长城的建筑结构多样，包括了镇城、卫、所、堡、敌台等多种建筑类型。为建设长城国家文化公园（河北段），张家口谋划了大境门段、崇礼段建设项目 26 个，总投资约 53 亿元。目前已开工项目 19 个。

大境门长城处于张家口市区北端，是一座条石基础的砖砌拱门。

门楣“大好河山”四个字最为醒目，是察哈尔都统高维岳——当时的地方军政首脑于 1927 年书写的，字体苍劲、有力、壮阔。

历史记载，清朝康熙皇帝远征回归京都，夜经此地，曾露宿大境门

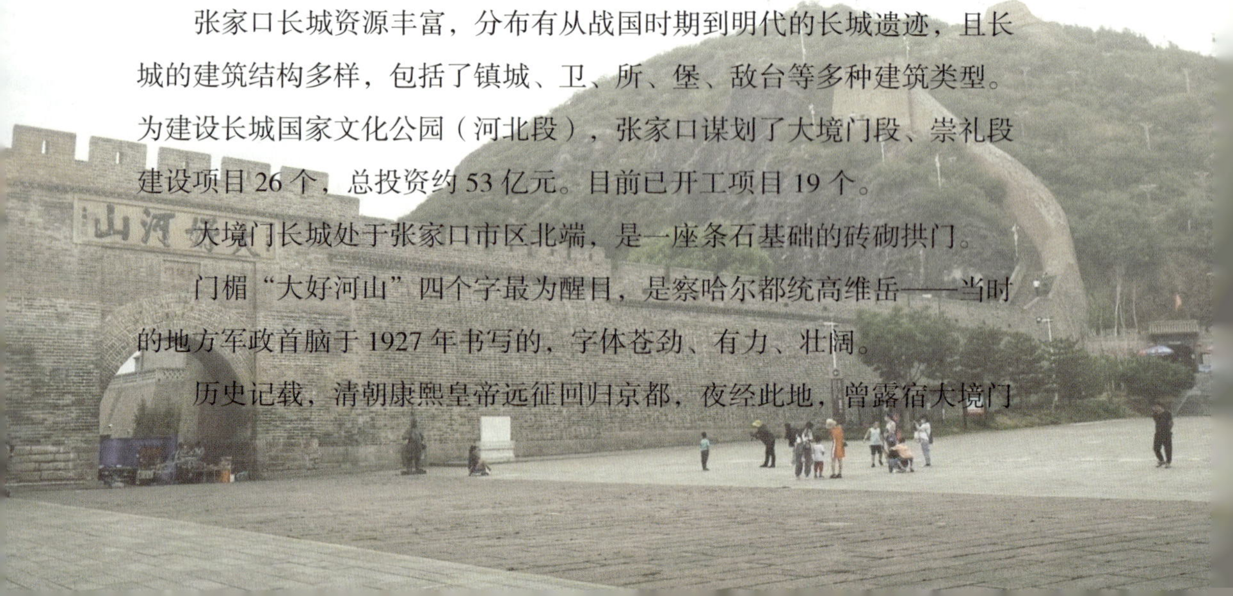

外，后建卧龙亭和将军亭。

大境门是中国万里长城中四大关口之一，此长城是1485年修建，长450公里，其中张家口桥西境内长城长3700米，且沿山而建，以石垒筑，灰浆勾缝而成。

大境门外东、西太平山巍然对峙，地势十分险要，历史上这一带是兵家必争之地，是扼守京都的北大门，连接边塞与内地的交通要道。同时，大境门也是蒙、汉、回、藏等多元文化友好交流的场所，在清朝是北方十分重要的商业都市，被称为“陆路商埠”“皮都”。

在大境门，我顺便去了不远处的张北小二台镇的德胜村。德胜村附近不仅有元中遗址，还有鄂托克赛尔天泉景区、张家口万龙滑雪场等，该村入选河北省省级森林乡村名单。

张家口，是我多次到达之地，尤其是我当记者期间，经常去坝上采

访。再者，我是负责林业报道的，所以我喜欢树木、森林、草原。

旧地重游，难免动情。此时，我不由自主地又想起与王建词采访《“绿色长城”万里行》报道的日日夜夜……

建设“绿色长城”，燕赵儿女用辛勤的汗水造林，努力改造生态环境，在河北境内的长城沿线筑起一道绿色林带。

今天，在沿途看到大地吐绿，闻到果花芳香，听到了鸟儿的歌唱。

黄土地渴望着绿色，江河水在呼唤森林，保护我们的大好河山，建起“绿色长城”……

“绿色长城”——一个无形的长城，带来的经济效益是无法估计的。

"绿色长城"——世界生态工程之最，给世人带来的生态效益是不可估量的！

建设"绿色长城"，河北人民功不可没！

涞源：去乌龙沟访长城守护员

一夜之间，从燕山翻越到太行山。

我是从张家口南行，进入太行山脉的。

长城行，如果说张家口是燕山山脉“燕山带”的末端，那么涞源长城，是“太行山带”的首站。“燕山带”与“太行山带”都是长城国家文化公园（河北段）“两带、四段、多点”空间布局的重点。

事情往往是这样，首和末都很重要。涞源长城作为太行山带的始端而显得尤为重要。

刚到涞源县，就听说县政府对长城国家文化公园建设很重视，县领导专程到白石山镇石窝村就长城国家文化公园建设保护工作实地调研，要求深入挖掘长城文化、历史文化，完成白石口长城和乌龙沟长城维修加固。

在涞源县，首先去县城东 8 公里处长城脚下的甲村遗址。

在甲村遗址前，我查看了这里的地形、古建筑地基及祖辈留下来的遗迹，年代已久远。陪同踏访的县文旅局同志介绍：“史料记载，此地为纣王城遗址，商周时期，人口逐渐增多，部落遗址相应增多，面积及文化层堆积也较为丰富，已发现的遗址大都分布在拒马河及其支流沿岸，

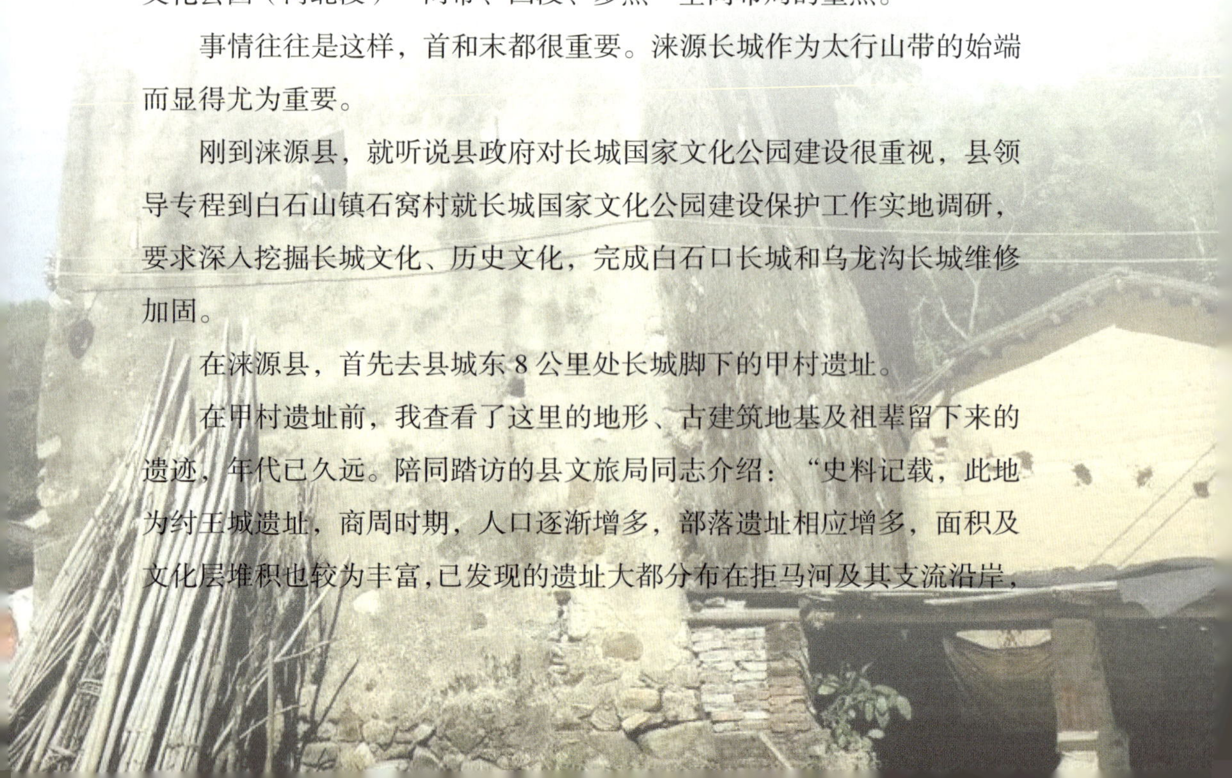

如下北头先商时期遗址、甲村商代遗址、三甲村商代遗址。”

《河北通志稿》记载：“纣王城，在涞源县东十五里……”

史载与出土文物相合，此处当属“纣王城”无异。东龙虎西周陶窑遗址，证明东龙虎的制陶业始于西周时期。

据文物局同志介绍，涞源县还有“中石器时代遗址”。据测定这处遗址距今9000多年，这一时期属母系氏族公社的萌芽时期，人们还过着狩猎、采集生活。这一发现，将人类的陶瓷史提前了2000年。

涞源，过去我只知道白石口长城、乌龙沟长城，却不知道还有“甲村遗址”“中石器时代遗址”，太有历史文化价值了。

白石口长城，我曾经去过两次。明代建关时的白石口，是一个重要关隘。抗日战争时在黄土岭战役中，侵华日军中将阿部规秀在此被击毙。

书归正传。开始我的长城行，去往乌龙沟长城。

河北省作家协会下乡干部田耀斌陪伴采访，他介绍，涞源县的长城，

建于明朝万历年间，是内长城的一部分。西接山西省平型关南的下关，东北入涞水县。涞源境内长城全长 150 公里，经 12 个乡镇。

小田介绍："这段长城是戚继光任蓟州总兵时修的，戚继光曾总理蓟州、昌平、保定三镇练兵事，也就是天津蓟县、北京昌平、河北保定一线，环绕北京……"

从县城驱车向东北行 35 公里，到达乌龙沟乡政府。在乡干部带领下又走了一段山路，目光中呈现一道土砖墙，原来这就是乌龙沟长城。

巍巍长城，像一条巨龙蜿蜒而去，曲曲折折，像是腾云驾雾，多像一条灰黑色龙体啊！难怪，这个地方叫"乌龙沟"呢！

踏着碎石瓦块，我们来到城门前，只见城门上写着"镇朔门"，这三个大字太苍劲有力了，像长城一样威严。上款为"万历甲午岁中秋吉旦"，下款为"钦依乌龙沟把总王国祯立"。

再细细观察，城门为瓮城，城墙里应该是乌龙沟城——其实仅仅是

一个小小的村舍。穿过村街，是乌龙沟城的后城门，城门上的字已看不清，但凿迹犹新，太可惜了。

离开瓮城，我们沿长城而上，看到长城保护完好。尤其是经过敌楼时，发现敌楼既高大，又密集，1 公里之内少说也有十几座。敌楼里的墙壁、楼顶多写有诗行和词句。

返程中，乡政府人员讲到了乌龙沟长城的保护，特别提到了乌龙沟长城保护员李勇。李勇被授予 2020 年“最美文物安全守护人”称号。2019 年，李勇和父亲李凤鸣同时被评为“感动河北十大人物”。

李勇，作为一个普普通通的长城守护者，太不容易了，我为他点赞！

紫荆关：
荆轲塔·清西陵

翻山越岭……

跨河走滩……

离开涞源县一路南下，进入易县。

易县紫荆关长城，被列为长城国家文化公园（河北段）建设保护的重点段。为此，紫荆关是我走长城“太行山带”的第二站。

一进入易县，自然会想起“风萧萧兮易水寒，壮士一去兮不复还”这句名言。同时，也会想到“燕赵多有慷慨悲歌之士”！

易县，荆轲刺秦王时，随带的献秦之礼中，包含今易县之地；而“风萧萧兮易水寒，壮士一去兮不复还”中的易水河也穿易县而过。

到易县，一定要看看荆轲塔。荆轲塔初建于 1103 年。塔下有荆轲衣冠冢。

易县还有规模宏大的清西陵建筑群。清西陵为全国重点文物保护单位、国家 AAAA 级景区。

紫荆关被称为“畿南第一雄关”，南面以十八盘道为险阻，北面以浮图隘口为门户，一关雄踞中间，群险翼庇于外，山谷崎岖，易于戍守，有“一夫当关，万夫莫开”之险。

紫荆关位于内长城，与居庸关、倒马关合称为“内三关”。明长城有内、外之分，是为了加强京师防御，在北京的北边和西北方向修筑了两道长城防线。内、外长城由北京怀柔区境内分岔，内长城向西南经河北省易县、涞源县、阜平县入山西，经灵丘县、繁峙县至偏关县，与外长城相接；外长城则经河北省张家口赤城县、张家口市区、怀安县而入山西省界，再经天镇县、大同市至偏关县。

紫荆关旧时有三道关门。第一道关门建在今坡下村的峡谷中，门额上嵌石匾一方，横书“紫荆关”三字。第二道关门券上嵌着“畿辅第一雄关”的石匾。第三道关门又称南门，上嵌有“紫塞金城”四字，下层题“紫荆关”。

紫荆关始建于战国时期，曾发生的战争达 140 多次。东汉建武二十一年（45 年），乌桓大兵一路杀来，直抵紫荆关下。守将马援做

出弃城逃跑的假象，诱敌深入并伏击敌人。南宋嘉定六年（1213 年），成吉思汗未能攻克居庸关，分兵紫荆关击败金兵，又从内夹攻居庸关得手。元代以后，称紫荆关。

1937 年，紫荆关成立“抗日救国会”，开展抗日活动。

1944 年，晋察冀军区部队两次攻克紫荆关。

紫荆关，自古便是进出太行山的交通要冲，位于“太行八陉”的第七陉“蒲阴陉”，天下九塞之第四塞，是兵家必争之地。

风萧萧兮易水寒，壮士一去兮不复还……

倒马关：杨六郎碑

又上路了……

沿着蜿蜒的羊肠小道，翻山越岭……

当进入唐县地界，陪伴踏访的同事一把拉住我，说：“山高路陡，小心摔倒！这里是倒马关！”

站在倒马关，倍感地势险峻，这里号称“万里长城第五道关口”。

倒马关，最初于战国时置，因山路险峻，战马到此经常摔倒而得名。明朝马中锡《倒马关诗并序》中说：“关有两山对峙，其路极险，杨六郎到此马踣，故名。”

当地百姓说，杨六郎打仗时走到这里，因骑的马被夹住，不得不倒回来，为此叫倒马关。

倒马关明长城被列入保定市长城国家文化公园（保定段）建设规划。保定市有关部门领导就倒马关国家长城文化公园建设事宜到唐县考察，并指导长城保护工作。

来到倒马关，首先去倒马关城西3公里处的马圈山上看了杨六郎碑，碑文为：宋将杨六郎拒守之处。

杨六郎又称杨延昭（958—1014），山西太原人，北宋名将。杨延

昭自幼随父亲杨继业征战。雍熙三年（986 年）北伐，杨继业率军攻应、朔等州，时年 29 岁的杨延昭为先锋，战朔州城下，流矢穿臂，战斗愈勇，终于攻下朔州。其父死，便担负起河北延边的抗辽重任。雍熙北伐之后，杨延昭在景州（今河北景县）、保州（今河北安新县）等地抵御辽军侵扰。在与辽兵作战中，杨延昭威震边庭，人们称杨延昭守卫的遂城为“铁遂城”。辽国人就把他看作是天上的六郎星宿下凡，故称为杨六郎。

我来到了倒马关乡政府院内，看到保存着一块折断的汉白玉石碑，为“倒马关建城碑”。碑文记载了 1465 年修建倒马关的情况。倒马关城周长约 2.5 公里，城墙底宽 6 米，墙体外砌砖石。关城东、西、北设有 3 个城门。关城建筑设计独特，整座关城依地势而建，依峭壁，傍深涧，一半在沟谷，一半在山上，唐河水由西、北、东三面环绕关城而流。

倒马关位于太行山东麓，北临内长城，背靠唐河，东南为险要的十八盘岭。

倒马关处于一条古老的通道上，这条道被称为“灵丘道”。

倒马关古城中的北宋杨继业、杨延昭父子的忠节庙遗址和杨六郎碑成为人们追思之地。

1937 年 9 月，八路军取得了闻名中外的“平型关大捷”，狠狠打击了日寇的嚣张气焰。而“倒马关之战”是八路军出师华北敌后抗战的第一战，此战打破了日军不可战胜的神话，拉开了共产党八路军全面抗战的序幕。

龙泉关：连接山西和河北两省的要冲

青山相伴……

绿水相随……

走到阜平县龙泉关镇，又看到了长城的关口。

龙泉关位于阜平长城段，处在紫荆关与井陉关之间。

阜平县境内长城为明长城，全长 120 公里。县志载：“阜平明长城为万历元年至万历四年修建。”

我在阜平县采风时，由田玉明陪同。

田玉明对阜平长城了如指掌，他介绍：“阜平境内长城上有敌楼 10 座，现在看到的龙泉关是其中的一座。”

龙泉关长城位于阜平县西部，东距县城 30 多公里，西距五台山怀寺庙区 30 公里，素为冀晋咽喉要道、中国佛教圣地五台山的东大门。

阜平县内长城由山西省灵丘县的下关村向南入境，至吴王口村分为两线：西线，经长城岭、下庄乡进灵寿县李家沟村，入平山县界；东线，经段庄、七里沟等村，进入山西省灵丘县谢子坪村，然后与涞源县长城连接。

龙泉关主要扼控明长城阜平县这一段，阜平县明长城总体以山为墙，

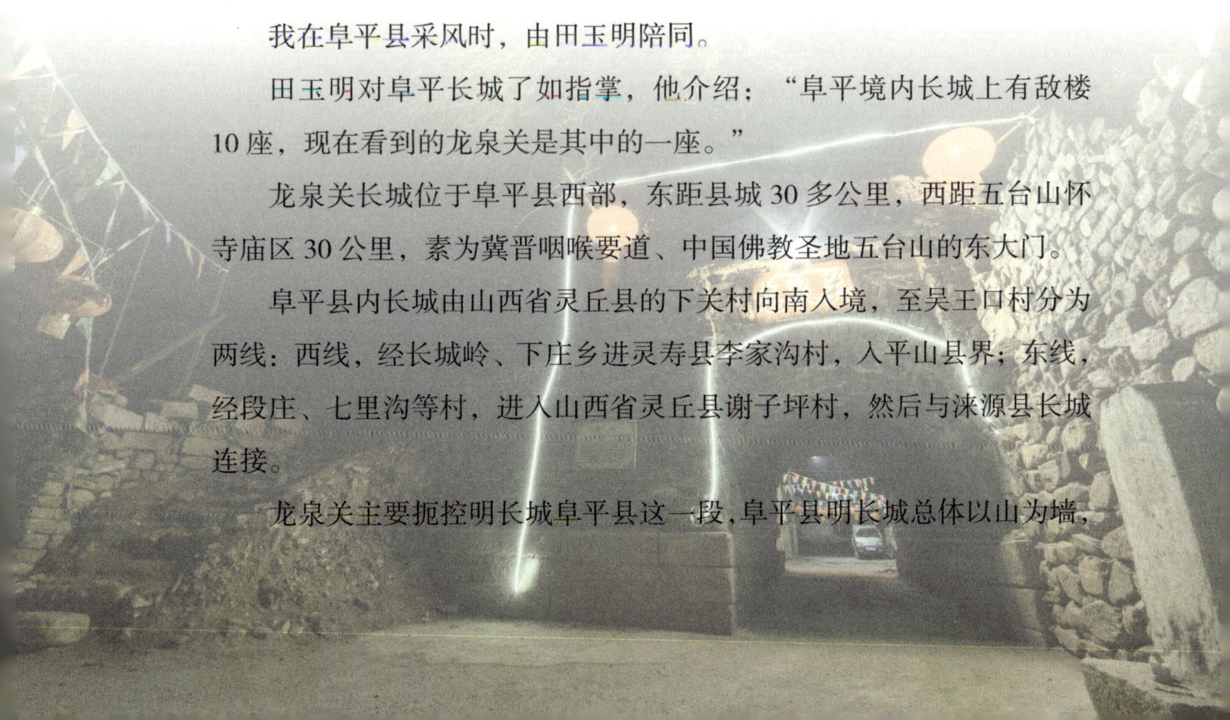

依山势高低与险峻改变城墙的高厚。

田玉明介绍，阜平县除明长城、龙泉关外，还有康熙皇帝御马刨出的“马刨泉”，石佛堂，康熙御寝的“龙宿庵”，慰藉先烈不朽英灵的“烈士陵”等文物古迹。

黑山关：
因山体颜色而得名的长城关口

翻过阜平玫瑰谷，就是平山驼梁山。

平山县属于石家庄地区，石家庄市境内长城资源不是太多，总共4座关堡、49座单体建筑，分布于平山县、井陉县、赞皇县、鹿泉市、灵寿县5个县区。石家庄西部山区称“口”“关”“台”“堡”的村庄多与长城有关。

平山，对于我来说，太熟悉了，当记者时几乎踏遍全县。但是，我并不了解平山的长城，一直到现在“长城万里行”，我才知道平山县有这么多长城遗迹。

走长城，重点要看关口。我首先驱车来到了平山县西北角处的黑山大峡谷。

黑山大峡谷与山西省五台县接壤，距石家庄市区120公里。当我来到黑山大峡谷时，一下子被绵绵的群山所感染：那茫茫而去的太行山脉，那蜿蜒盘旋的长城带，那郁郁葱葱的大森林，那鲜花盛开的绿野草地，那小溪的潺潺流水，顿时把人带进大自然的怀抱！

黑山大峡谷景区办公室的牛力先生在“黑山大峡谷”牌匾下对我说：“黑山关旧关已经倒塌，原来就在这个地方。”

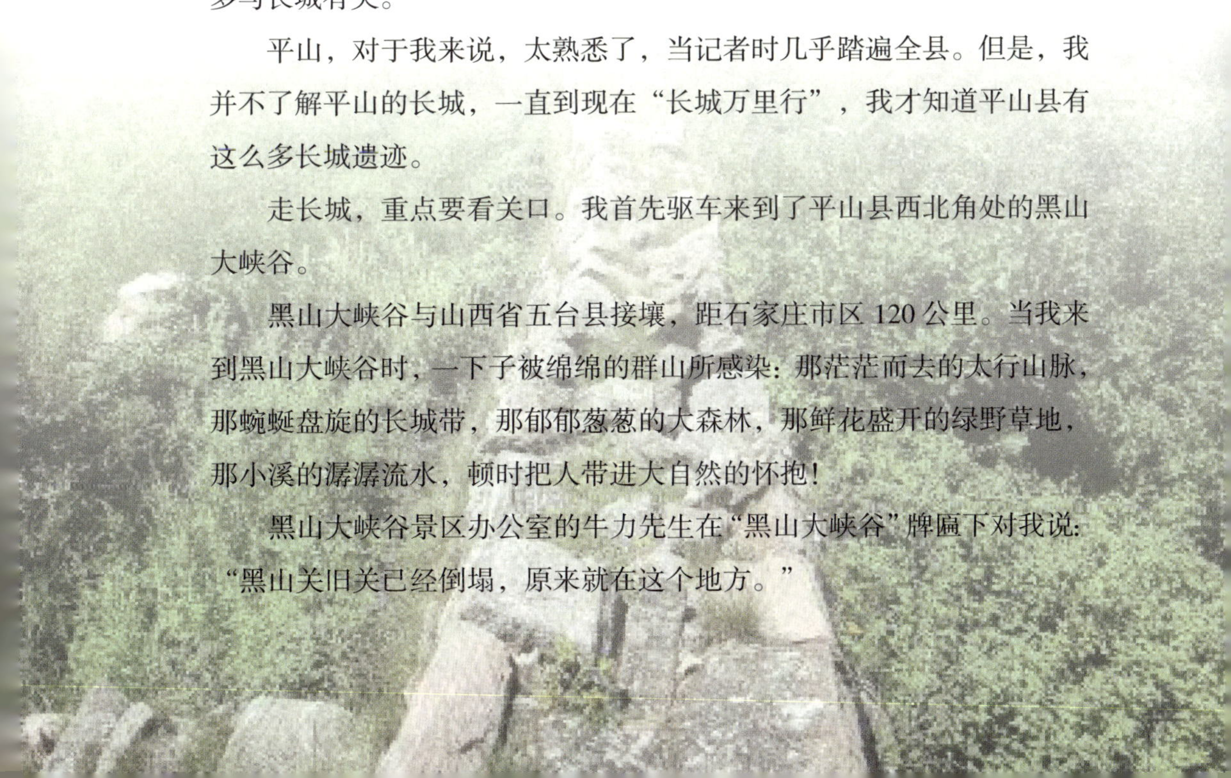

我问："为什么叫黑山关？"

牛力答："此地有一段山体呈灰黑色，明代修长城设关时取黑山而得名。"

我问："黑山关的重要性？"

牛力答："此处西临山西、东接河北，地势险要，自古就是兵家必争之地。早在战国时期，中山王国战败，选择在此地休养生息，强盛后东山再起，发展成为七雄之外最强大的诸侯国。明代曾在这里筑长城设关隘。"

我问："抗战时期有作用吗？"

牛力答："抗战时期阎锡山在此修工事、建地堡。现有明长城、地堡、工事、穆柯寨、大石碾和将军墓等遗址遗物。"

我问："整个平山县的长城资源怎么样？"

牛力介绍："平山县境内古长城自县城南部的清风口开始，经过8个乡镇，全长约200公里。在平山南部的下口镇，也有长城，分布在上瓦岔村一带，延绵数公里。"

我问："保存最好的长城地段？"

牛力答："上观音堂乡古榆树长城隘口保存较好。该楼雄伟高大，北面门上石匾刻有'威远'二字，南面门匾上字很小，字迹已模糊，只有右端一横还可辨认，内容是：大明嘉靖二十一年岁次壬寅夏四月之吉重修古榆树隘口城垣。"

参观黑山关长城后，在与黑山关相邻的蛟潭庄镇，受邀为中共河北省委办公厅离退休的老同志，作"传承红色基因，重走长征路"党史学习教育专题报告。

井陉关：
三省通衢地

井陉，以地形而得名。《太平寰宇记》云：“四方高，中央下，如井之深，如灶之陉，燕赵谓山脊曰陉，下视如井，故谓井陉。”井陉是个大县，历史悠久，古迹甚多。在《河北林业》杂志小郄带领下，我们去了关城、古村落、矿井、苍岩山。小郄老家是井陉人，对当地比较了解熟悉。

井陉关为井陉县西面太行山“井陉”之口，实际上“井陉”是太行山内一条隘道。井陉关即井陉口，又称土门关，古九塞之一。

汉朝时即在井陉口置关，井陉关与南面的壶关、天井关合称“上党三关”。

唐以后称土门关，明清时称井陉关。《述征记》谓“井陉”为太行八陉中第五陉。太行八陉分别是：轵关陉、太行陉、白陉、滏口陉、井陉、飞狐陉、蒲阴陉、军都陉。

《吕氏春秋》《淮南子》称“井陉”为天下九塞之一，所以它自古著名。

井陉关旧关，我从没有来过，这是我首次站在旧关前。

据小郄介绍，获鹿县（即今鹿泉区）西5里，左海螺、右抱犊两山之间，即是古代的土门村。古代称“井陉口”，即井陉东口，这里是著名的汉代“背水之战”的主战场。

从秦开始，土门关就已经筑有雄伟的关城，乃是兵家必争之地！

史料载，当时赵国之李左车令陈余集重兵于土门关，坚壁勿战，而以奇兵间道截其后，既可以放韩信入故关，而不使出土门关，如投虎于柙，所以制其死命。而陈余却固执己见，不在土门关设防，却在获鹿县城东北旷地驻兵。结果，使韩信有机可乘，用奇计一战灭赵。

在现场采风时，当地百姓讲：“土门原有四座关楼，分别在东、西土门村村口处，现存阁楼三座，即东土门西阁，西土门东、西阁。”

在阁楼前，我们看见条石砌基、拱券门洞，门洞上有砖砌楼阁。

县史载，清雍正八年（1730年）正月题写的石刻“三省通衢”门额，嵌于东土门西阁的西券门上。西土门东阁券门嵌有乾隆二十二年（1757年）题刻的“山辉川媚”四字，西阁券门上嵌有明崇祯十一年（1638年）

题刻的“山陕通衢”四字。阁楼下有秦汉时代修建的石砌古驿道近300米。

井陉关，引得不少诗人感叹。唐代诗人王维《送赵都督赴代州得青字》诗云：“万里鸣刁斗，三军出井陉。”清朝“戊戌六君子”之一谭嗣同《井陉关》诗云：“无限苍茫怀古意，题诗独上井陉关。”

参观关城后，我们去周围村舍踏访，看到很多古村落。冒着绵绵小雨，雾气蒙蒙，前往千年古村落中凤山村。

车轮滚滚，折断雨线，汽车在太行山间雨中缓缓前行……中凤山村在井陉云凤山下，到村时雨更大了，湿淋淋的村街上泛起一片一片的水泡，水流从山坡上顺势而下。

早已在这里等候的村支部书记贾铜芳站在雨里迎接。面对这个山里出生的大汉，我真正领略了山民的淳朴、实在和忠厚！

走进村委会，最显著的标识是八个大红字：不忘初心，牢记使命。这八个大红字，骤然使这个千年古村落升腾起一股现代气息！

在办公室，贾铜芳介绍了村里的情况。办公室的布置皆是当代军人作风——原来贾铜芳书记是个转业军人，他的理念是保护好这个古村落，绝不乱拆乱建。

中凤山村作为千年古村落，这里有古驿道、古街、古树、古房、古戏院、古庙、古寺，还有部家大院、贾家大院，特别是还现存着不少明清朝时期、北洋军阀时期的建筑群……

雨，仍然在下；天，有些凉爽。冒着细雨，踏着泥泞的乡土，在贾铜芳书记带领下，在古村落实地参观、考察、采风。

雨，锁不住脚步；水流，挡不住前行的步伐。我们先后参观了古村

门、千年古槐树、观音堂、太清殿、西望瑶池、关帝庙、段祺瑞家族的住宅、“中共井陉煤矿特区委员会”旧址纪念碑……

采风中，著名书法家龙海波等浓墨重彩献艺，为中风山村文化添光增彩。

雨，还在下；山泉，还在流。然而，蒙蒙细雨剪不断城乡人之间的情谊。

再见了！贾书记雨中送行，别有感慨！

告辞了！采风者雨中道别，恋恋不舍！

雨！雨！雨！雨中有意境！雨中韵诗情！但愿：千年古村落天天有雨（余），月月有雨（余），年年有雨（余）。

第二章

京津段：长城保存最完好、文化最深厚的地段

北京段长城全长 520.77 公里。长城国家文化公园（北京段）建设保护规划重点为“一线、五区、多点”。“一线”即长城资源主线，是长城军事防御体系的主体，“五区”即五个重点区域：马兰路、古北口路、黄花路、居庸路、沿河城，区域内知名景区有司马台长城、古北口镇、慕田峪长城、居庸关、八达岭长城。“多点”即区域内多个核心展示园、集中展示带、特色展示点、传统村落等，是体现北京长城文化代表性特征的重要资源点。与将军关相邻的黄崖关，是长城国家文化公园（天津段）唯一的长城，其中寡妇楼故事性很强。

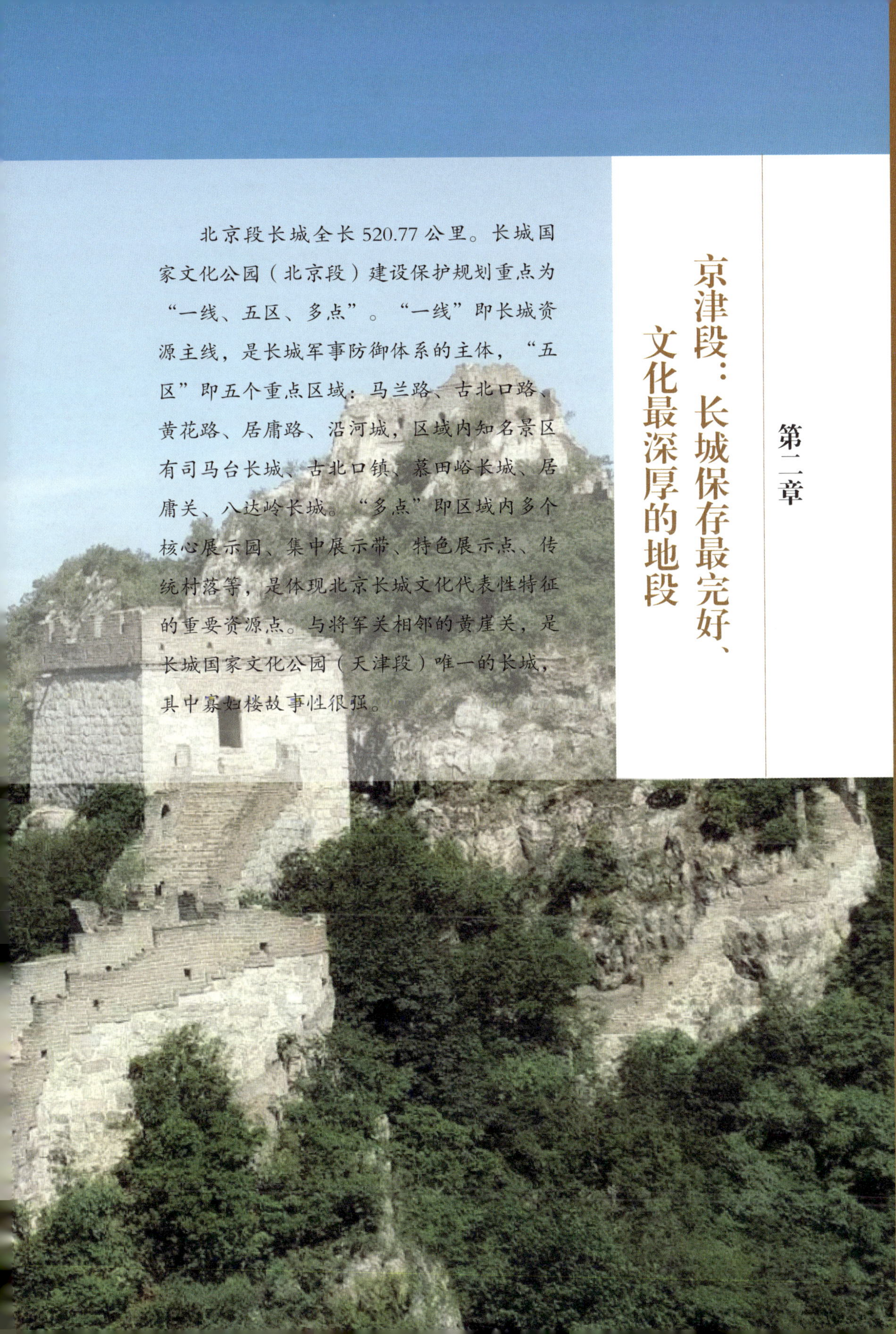

黄崖关：
戚继光·八卦城·寡妇楼

黄崖关长城是明代蓟镇长城的重要关隘，也是蓟州区境内唯一的一段长城。其山崖岩石多为黄褐色，每当夕阳映照，金碧辉煌，素有“晚照黄崖”之称。黄崖关长城东起河北省遵化市马兰关，西接北京平谷的将军关，全长 42 公里，始建于 556 年。明朝隆庆年间，民族英雄戚继光修筑长城的事迹一直为人们所传颂。

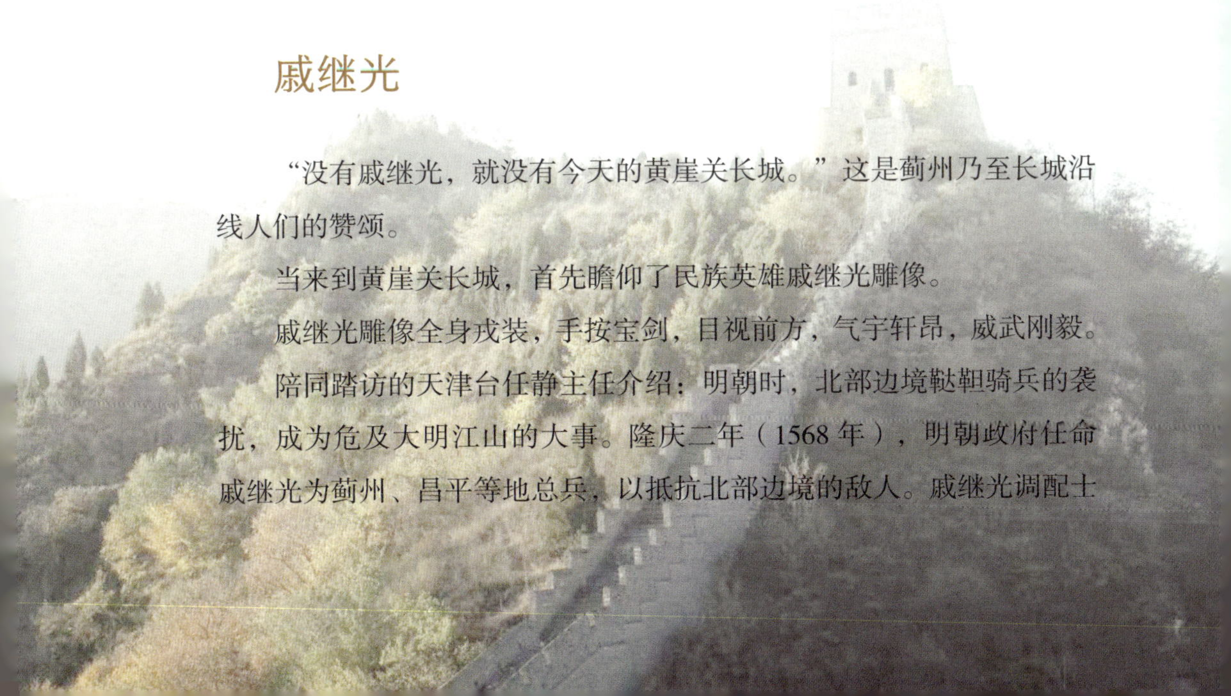

戚继光

“没有戚继光，就没有今天的黄崖关长城。”这是蓟州乃至长城沿线人们的赞颂。

当来到黄崖关长城，首先瞻仰了民族英雄戚继光雕像。

戚继光雕像全身戎装，手按宝剑，目视前方，气宇轩昂，威武刚毅。

陪同踏访的天津台任静主任介绍：明朝时，北部边境鞑靼骑兵的袭扰，成为危及大明江山的大事。隆庆二年（1568 年），明朝政府任命戚继光为蓟州、昌平等地总兵，以抵抗北部边境的敌人。戚继光调配士

卒，开始了艰巨的长城重修重建工程。戚继光在修建长城过程中，依据“因地制宜，用险制塞”的建筑思想，山势低矮处，加高城墙；山势高峻处，修建敌楼，个别地方加修了障墙、支墙、挡马墙。城墙全部为砖石结构或砖石木结构，使这段长城设施完备、构筑牢固、布局严谨、可攻可守。

戚继光在加固城墙的同时，又修建了空心敌台。空心敌台由上、中、下三部分组成。下部为基座，用大条石砌成，高与城墙相同。中部为空心部分，有的用砖墙和砖砌筒拱承重，构筑成相互连通的券室，有的用木柱和木楼板承重，外侧包以厚重的砖墙，形成一层或二层较大的室内空间，以供士兵驻守，存放粮秣和兵器。上部为台顶，多数敌台台顶中央筑有楼橹，供守城士兵遮风避雨，也有的台顶铺墁成平台，供燃烟举火以报警，而无楼橹。

敌台里都配备有火炮，鞑靼的弓箭无法射到敌台里的士兵，骑兵在火炮的攻击下也不敢靠近长城。每个空心敌台只有百总一名，负责指挥战斗。

蓟州镇守范围内的长城修筑工程全部完工，长城“兵精城雄，两千里声势联结”，使长城的防备力量大大加强。从此，蓟州一线边防固若金汤，终使鞑靼勒马，望长城兴叹，百姓得以安宁数十载。

八卦城

在黄崖关，有幸参观了八卦城。八封城又称黄崖正关，因城内有“八卦街”而得名。

八卦城，是长城衙署所在地，东临泃河，西倚王帽顶山，随山形地势而修建。

八卦城为不规则刀把形，从东至西由瓮城、外城和内城三部分组成。城墙东、西、南三面设通衢城门和城楼，北城墙因防御需要不设城门，而在城台上建北极阁。内、外城地面高度相差 4 米，南、北两端各设眼门一座，以通内外。

城内街道不作棋盘式布局，由数十条死巷、活巷、丁头错位构成，称“八卦街”。漫步其间，给人以扑朔迷离之感，极富神秘色彩。

八卦城建于明朝，周长 707 米，设三关九门，按伏羲八卦图乾、坎、艮、震、巽、离、坤、兑的八卦方位分布。

南门嵌“黄崖关”，后匾阳面为“蓟北雄关”，阴面有“金汤巩固”字样。

城中心的“黄崖口提调公署”已辟为长城博物馆。

长城碑林也坐落在八卦城内，为清代建筑，院落宽敞。碑廊正前和正中，耸立着两块花岗岩石刻，镌刻着“不到长城非好汉”和“爱我中华，修我长城”等文字。长城碑林是中国北方最大的碑林，包括毛泽东诗词墨迹碑林、百将墨迹碑林和百家墨迹碑林。

寡妇楼

顺黄崖关长城走到西端，来到了寡妇楼。该楼为方形石楼，为明代隆庆年间建造，是蓟州长城 52 座敌楼中保存最完整的一座。

走进寡妇楼，看到城墙为砖石结构，高大约 13 米，内分两层。下层楼的外墙与城墙相连，有四个大砖柱，将楼隔成四个拱顶大厅。四面开有箭窗，以防守射击。西北角筑有砖梯，顺砖梯可登临上层。上层为长方形小屋，屋脊两端装饰着龙头，四个檐角蹲伏着陶制麟、凤、狮。四周筑雉堞垛口，中部建长方形小屋，屋门朝北开，左右各有一窗，室内可容纳十余士兵瞭望休息。

寡妇楼名称的由来，源于当地百姓中流传的一个故事：在修筑长城的时候，曾征调一支河南籍士兵的队伍。其中有 12 名士兵的妻子，见丈夫数年不归，杳无音信，便结伴到边关寻夫。她们历尽千辛万苦，终于来到蓟州长城跟前，却获知她们的丈夫全都为修筑长城献出了生命。她们悲痛万分，痛哭失声，感动了上司。为此，当时蓟州总管发给每人一笔抚恤金，让她们回去好好抚育儿女，赡养老人。而她们抑制着悲痛，决定继承夫志，为国分忧，献出抚恤金，作为修筑长城的费用，并留下来参加修筑长城。最后，她们修起了这座御敌的敌楼。为了纪念这 12 名深明大义的巾帼英雄，人们便把这座敌楼称作寡妇楼。

据悉，在当今维修长城时，还发现了妇女使用的顶针、簪子等遗物。

谈到长城的保护与维修，任静介绍说，长城国家文化公园（天津段）建设保护确定“一核、一带、两片、两轴、多点”空间布局，总投资额 36.29 亿元，着力打造长城（天津段）沿线生态环境保护和修复、建设环秀湖国家湿地公园、沿线“河畅水清岸绿”景观、黄崖关长城综合博物馆改造、龙凤岭长城保护工程、天津广播电台战备电台旧址修缮等，打造文化旅游、红色旅游景观。

黄崖关，民族英雄的杰作！

将军关：
红石门·天下第三关·石林峡

从天津蓟州黄崖关顺长城西行，进北京地界到达平谷区金海湖镇红石门村。

红石门村处在长城脚下。红石门，源于村口红色山崖像石门而得名。此地为“鸡鸣三省”之地，邻近北京、天津、河北三地边界。

进红石门村后沿马路登上村北山顶上的长城，只见立有一座三面碑，分别写有“北京、河北、天津”字样。

红石门长城是明代长城进入北京境内的起点，也是平谷境内的第一段长城，在历史上有着特殊的意义。该段长城的一段墙体横跨京津冀，使之成为北京境内唯一一段“一脚踏三省”的长城。

站在三面石碑眺望：红石门长城在一整片的青峰翠峦中，以古朴雄浑之势向西北方延伸，在崇山峻岭之巅蜿蜒曲折，腾挪伏跃，勾勒着群山的轮廓，一眼望不到尽头，再加上身边“一脚踏三省”的独特地理位置，可谓占据着得天独厚的优势，令人兴奋。

与黄崖关、八达岭、司马台、金山岭的砖砌长城相比较，红石门长城的风格迥然不同，墙体大部分由石块干垒而成，在一些险要地段，则以险为障，以崖代墙，除主城墙外，有敌楼、垛口、烟墩、挡马墙、马

道等完整的防御体系，还有内外边墙的设置。

长城依山势而筑、连绵而去，在沿途两山之间分别设有彰作里关、将军关、黄松峪关、南水峪关和北水峪关等 5 座关口，此外还设有敌台 107 座，烽火台 6 座，以及用于从侧面攻击来袭敌人的城防设施“马面”18 座。

据了解，这 5 座关隘，将军关最有特色，号称“天下第三关”。

驱车半个小时，来到了平谷区靠山集乡将军关村，这里是万里长城北京段最东端的一个关口。

不远处，还立有一块石碑，碑文为：将军关位于将军关村边，是明代长城进入北京东端的第一座重要关口，也是目前平谷区保存状况最好的关城，其东与天津蓟州接壤，北与河北兴隆毗邻。将军关关城建于明永乐年间（1403—1424），历史上为咽喉要道，是兵家必争之地。将军关大部分建筑已毁，现仅存关城东侧敌台遗址。关城两侧连接的长城是平谷区唯一一处以砖作为墙体建筑材料的长城段。

将軍石關

没走多远，又看到一座巨型墙体，上面写着“将军石关”四个大字。这才知道，“将军关”又称“将军石关”。

走进将军关，目光中皆是残垣断壁，只有一座凸起的巨石抢人眼球。这是一天然柱状竖石，高约10米，石上原刻有“将军石”三字，并署有年号，现在文字已模糊。巨石在野风中呼叫，显得很凄凉！

面对将军关遗址，一村民介绍说，将军关关口东部城墙还存在，上有敌楼，当地称之为“正北楼”，只留下高6米的基座。靠楼城墙内侧有一券门。门南为演武场，正关东侧是水关。水关东侧现存一座敌楼台基和一段城垣。

将军关东侧山上长城，今多已倒塌，靠近关口处两侧的长城修筑坚固，石砌墙体至今仍保存较好。将军关向西为金山，因山势陡峭，没有修筑墙体，仅在金山山梁有不足50米长的石墙，当地称为大坝墙。

在将军关遗址，参观了城墙、城楼、敌台等。整个遗址东西长120米、

南北长 80 米。敌台遗址东西长 20 米、南北长 18 米。

离开将军关西行 10 分钟，走进石林峡，只见此地山势陡峭，峡谷深渊，鲜花开放，很有诗意！

沿着石林峡谷，过霞姑石、天蛙台、九天飞瀑、通天梯、石林山，最后到达玻璃观景台。

观景台以航天钛金、合金钢、高强度拉索、水晶玻璃建造而成。崖壁外悬空 32.8 米，距崖底 400 多米。置身台上，玻璃剔透，下视无碍，似无所依，令人举步惊心。在此不仅可俯瞰石林峡之雄奇险秀，亦可远眺金海湖、盘山胜景，美哉！

司马台长城：望京楼·古北水镇

平谷将军关长城相连密云古北口镇司马台长城。

长城国家文化公园（北京段）建设保护规划重点为“一线、五区、多点”，其中包含了司马台长城。

司马台长城全长 5.7 公里，是万里长城中最险要的一段，也是中国唯一一段没有修饰，保留明朝原貌的古长城遗址，被联合国教科文组织确定为“原始长城”“世界级珍品”的人类特级文化遗产。著名古建筑学家罗哲文教授曾评价“中国长城是世界之最，司马台长城堪称中国长城之最”，2012 年被英国泰晤士报评选为“全球十大最不容错过的风景之首”。

望京楼

参观古北口镇后到达司马台长城脚下，办了门票后很快乘坐缆车到达山顶，迫不及待地去登司马台长城，领略“中国长城之最”“世界级珍品”“全球十大最不容错过的风景”。

当一脚跨进长城，站在城墙上眺望的一刹那，顿时被眼前的风光所迷恋：群山峻岭连绵，朵朵白云飘荡，莽莽丛林伸展……托起一条巍巍而起的长龙！这就是司马台长城！这就是"世界级珍品"！这就是"中国长城之最"！

这时，向西看，长城自古北口而来，山势尚属平缓，而到了脚下的司马台，山势陡然险峻，特别是在司马台隘口，可谓"一夫当关，万夫莫开"。

轻风阵阵，花香扑鼻。一边在长城上行走，一边欣赏长城的建筑。望着远去的司马台长城，由于特殊的地势，司马台长城以"险、密、全、巧、奇"著称于世的说法一点儿都不过分。因山势陡峭，地势险峻，亲眼看到城墙随着刀锋般的山脊奔驰，时宽时窄，时起时落，城台、故楼、障墙在很短的一段距离内变化之大，是我从山海关一路走访长城行程中极为罕见的一段。

经过攀登，终于到了仙女楼。仙女楼建筑精美，造型修长，经常在云雾中若隐若现，恰似少女"犹抱琵琶半遮面"，是司马台长城最有特色的一座楼，我详细查看，汉白玉石拱门上刻有莲花浮雕，在万里长城上并不多见。仙女楼，传说是因莲花仙女居住这里而得名。

仙女楼后是长逾百米、一砖之宽，两侧是断崖绝壁的“天桥”，其险峻之处，不言而喻。

几经攀爬，几度跨登，终于看到了前面的望京楼！

望京楼建于明万历五年（1577 年），是一座砖石结构的双层敌楼，敌楼外侧向北方向有三个瞭望孔，东西两面各有一个孔。上层有一个砖砌小铺房，已坍塌，下层楼内是用砖砌成的一条大拱道。

望京楼是司马台和古北口一线长城的制高点，海拔 986 米。近距离瞭望，望京楼像一把锥子直插云天。

其实，望京楼所处之地就是当地人说的老虎山山顶，就是长城的一座台楼（或叫敌楼）。为什么叫“望京楼”？就是站在这个敌楼上看北

京，可以看到北京夜晚的万家灯火，故此得名。

望京楼所在群山极顶，登高望远，居高临下，一览众山小！仰视头顶，蓝天白云，举手可抓。俯瞰脚下，悬崖峭壁，刀削斧劈，绝壁断崖，这是大自然的恩赐。

古北水镇

古北水镇坐落在司马台长城脚下，是古代著名的军事要塞。这几年政府把它建成一座著名的水镇，其面积之大，仿古之逼真，建筑之精美，是这些年旅游开发少有的杰作。这里有壮观的古北水镇大门、水楼、水榭、码头，颇有“小桥、流水、人家”之感，别有风味。

夜幕降临，进入靠河边上的一家饭店进餐，这里是夜观长城的极好位置。

当万家灯火之时，看到夜幕下的长城更加壮观，斑斓的灯光让夜长城更添几分灵动！

饭店老板十分热情，来到我们跟前，讲古北口长城、说司马台长城、述金山岭长城，还在灯光灿烂的长城下为我们拍照，为我们合影……

古北口之夜，是繁华的、多彩的！而古北口水镇又是宁静的、深沉的。

古北口镇也很有看点。古北口瓮城为国家文物保护单位，在瓮城门前立有石碑，碑文上有文字介绍：古北口瓮城位于古北口村与河北省的交界处，是古北口关的主要防御设施之一，也是一个关隘的防守口。它依附于长城古北口关，与长城连为一体。当来军进入瓮城时，守军将主城门与瓮城门关闭，即可形成合围之势，现墙体也保存完好。

古北口瓮城建于明朝，原来隶属蓟镇总督管辖，属于蓟镇西协古北口路，明朝戚继光曾在此督建。

瓮城平面呈三角形，周长 238 米，设在通往东北的重要关口“铁门关”上，也称“铁门关瓮城”，其墙体用城砖和毛石混合建造，设有两道城门。

古北口是爱国主义教育基地，立有古北口保卫战纪念碑。1933 年 1 月，日军进犯山海关，长城抗战肇始。3 月 11 日，日军进攻古北口，第 67 军 112 师奋起迎战……古北口战役历时二月余，守军将士以窳劣之武器御数倍之敌，毙伤日军 5000 余名，抗战将士亦有近 8000 人伤亡。

巍巍长城，虎踞龙腾。荡荡潮河，源远流长。将士守土，与倭抗争。为国捐躯，血染长城……

慕田峪：
正关台·大角楼·涂鸦墙

穿林过湖，继续踏行。

沿途，大片大片的森林草地，一座一座的高山丘陵。

进入怀柔境内，山更高，林更密，下午到达慕田峪长城。

慕田峪长城历史悠久，文化灿烂，在中外享有“万里长城，慕田峪独秀”的美誉。多位外国首脑曾到慕田峪长城参观，深受欢迎。

正关台

正关台，像这样的名字及建筑形式在万里长城中不多见，我们是慕名而去。

在路上，听人介绍说，慕田峪是一个小山村，坐落在峰峦起伏、重峦叠嶂、林木葱郁之中。万里长城自东南向西北在崇山峻岭之巅蜿蜒到此处，因山势平缓陡峭，曲直相间，所以极富立体感。由于慕田峪地理位置十分重要，被称为“危岭雄关”。慕田峪村，也因慕田峪长城出了名！

走进慕田峪长城，首先来到正关台参观。正关台又称慕田峪关，其三座敌楼并立，这种排列形式在长城建筑史上极为罕见：一边是塞外匈奴驻地，一边是入京通道，一边又是进入皇陵的捷径。

慕田峪关建于 1404 年，关长 40 米、宽 30 米、高 20 米，为上下两层，底层相通，有室多间，可用于囤粮、屯兵。从垛口望长城内外，视野极为开阔。

在此，我向讲解员询问慕田峪长城的历史，她介绍："南北朝时的北齐，就在慕田峪筑有长城，明朝初年重建。据文献考证，慕田峪长城是明朝初期朱元璋手下大将徐达在北齐长城遗址上督建而成。《同治十二年迁安县志》记载：'明初，徐中山筑边城墙，自山海关西抵慕田峪，一千七百余里，边防可云密矣。'1569 年，戚继光率军对慕田峪段在内的二千里长城进行整修，隆庆五年秋建成。截至 2013 年，慕田峪所保留修复的长城，是全国明长城遗迹中保存最好的地段之一。"

大角楼

大角楼，在万里长城中实属罕见！

从慕田峪长城正关台继续向上攀登，山势变得陡峭，费了很大力气爬上大角楼。

这里是慕田峪长城的著名景观，也是慕田峪关东侧的制高点。在历史上，此地是蓟镇长城和昌镇长城的分界线：往东为蓟镇所辖，往西为昌镇所管。

为什么叫“大角楼”？讲解员解释说：“大角楼建筑是因为此楼三面有长城：一条向西与八达岭相连，一条向东与古北口相连，一条向南为内支长城。这样，从长城任何一个角度看，都似一个城角，故名大角楼。”

大角楼在慕田峪长城中，是一座较大的敌楼，这里因为地势高，视野宽，长城内外尽收眼底，向西警戒慕田峪关，向东警戒亓连关，是进退两地的必经之路。

在此，我向讲解员询问慕田峪长城段与其他长城段还有什么特殊的地方，她介绍说：“慕田峪长城还有敌楼密集的特点。从慕字一台至慕字四台不到500米，就设敌楼4座；从慕字一台至慕字二十台，长度仅3000米，敌楼、敌台、墙台、铺房就有25座，这种百米左右就有一座敌楼的长城段也是不多见的。另外，这里的长城拥有双面垛口。其他段长城多为长城外侧一面建垛口墙，而慕田峪段长城却两面都为垛口墙，垛口墙即守城将士对敌作战的掩体。两面垛口墙，即意味着可两侧同敌作战。”

涂鸦墙

涂鸦墙在万里长城中为首次出现。

讲解员讲："从传统的明长城起点山海关老龙头长城到金山岭长城、司马台长城、慕田峪长城、八达岭长城、居庸关长城，人为破坏不同程度地存在，尤其是在长城砖墙上刻字刻名，一部分人屡教不改，不文明

时常出现。为了制止这种行为，慕田峪长城特意打造了‘涂鸦墙’。”

问：“这不是一种诱导吗？”

讲解员：“不是的！针对这种情况，2014 年 3 月 4 日，慕田峪长城景区设立了涂鸦墙，具体位置为 14 号敌楼西侧北铺房。”

我感觉到很有意思，这是“将错就错”。

当走到 14 号敌楼，我一下子愣住了：哈哈哈！这里布满了各种游客的签名和留言，可谓“目不暇接”！

面对涂鸦墙，讲解员说：“作为被毁容的受害者之一，慕田峪长城景区一直在寻求去除长城上刻字的方法，景区虽对此现象已采取相应措施，积极劝阻和制止游客，但仍不能完全杜绝此类现象发生，始终没有根治这一顽疾。”

讲解员突然话锋一转：“既然游客喜欢涂鸦，那就把它当作一个景观来开发，因此景区专门设立了一个涂鸦墙。”

讲解员讲：“设立的这个涂鸦墙效果很好，我们还将在 5 号和 10 号敌楼新增加两面涂鸦墙，供游客签名留念。同时，景区考虑在适当时机、适当位置设立电子涂鸦墙，以满足部分游客的涂鸦愿望。”

在涂鸦墙边，我询问了一位正在签名的旅客，让她谈谈感受，她说：“名正言顺，实至名归，名副其实，好玩儿！”

半天多时间的踏行，让我有很多感叹！慕田峪长城虽只有 5.4 公里长，但它不愧为著名的北京十六景之一、国家 AAAAA 级旅游区。慕田峪长城是明朝万里长城的精华，东连古北口，西接居庸关，自古是拱卫京畿的屏障，至今仍风采依旧，让世人震惊。

入夜，赶到慕田峪村农家乐，我仍在回味当日的采风。

晚间，与房主张先生交谈关于乡村振兴之话题，他说：“我们家家户户开办民宿，既方便了游客，也增加了收入。另外，也不影响我们农田里的活儿，两全其美吧！”

慕田峪村庄，一个幽静的山村！

慕田峪长城，一段古老的城墙！

箭扣长城：
访长城保护员赫金悦

清早，迎着晨雾，我驱车来到北京市怀柔区雁栖镇西栅子村。

这里处在长城脚下，四周是山，三面都是长城围绕，风景秀丽。

我来这里，是因为《北京晚报》头版照片《水墨箭扣》展现了箭扣长城如水墨画般的沧桑壮美，很吸引人。这张图片就是这个村的一名叫赫金悦的村民拍摄的，我是慕名而来的。

另外，箭扣长城是长城国家文化公园（北京段）建设保护规划重点之一。

当我走进赫金悦的家，第一眼看到赫金悦时，原来是一位非常帅气的男子，他把我领进了房间，热情地接待了我。

我首先开口：“《北京晚报》箭扣长城的照片，照得很漂亮啊！”

赫金悦答：“您过奖了！”

我问：“您为什么要给《北京晚报》这张照片？”

赫金悦答：“是《北京晚报》特意让我去拍的。我是晚报的摄影通讯员！”

说着说着，赫金悦搬出了一大摞相册让我看，哦！原来他既是一位普通农民，又是长城保护员，还是一位业余摄影师！

据赫金悦介绍，1998 年前，不少职业摄影师来拍箭扣长城时就住在村里。因此渐渐兴起民宿热。赫金悦原来在乡镇企业工作，后来辞职回家开办了名为“金悦山寨”的农家院，一下子火了，在他家住的摄影师不在少数，因此他与摄影结缘。

我问：“您怎么学的摄影？”

赫金悦答：“很多老师住在我家，他们上山拍长城，让我帮着背设备。不只去箭扣长城，他们去司马台、古北口、金山岭拍长城我也陪着去，他们拍到了好照片，也给我看，一来二去的，我对摄影的兴趣也被勾起来了，就开始跟着学。”

我问：“您用的是什么相机？”

赫金悦答：“我一台相机没买过，但我家有三四台好相机，都是那些老师送的。”

在赫金悦家休息了片刻，他带我去看箭扣长城。

当来到箭扣长城脚下，一眼望去，太壮观了！

我们一边爬长城，赫金悦一边介绍箭扣长城的情况。

箭扣长城位于京郊怀柔区境内，北侧属八道河乡，南为渤海镇，东接慕田峪长城，西连云岭长城，海拔 1141 米。箭扣长城因整段长城蜿蜒呈英文字母“W”状，形如满弓扣箭而得名。还有一个说法，旧时一位地方官发现山间像一个涧口，命名涧口长城。当他回到朝廷时，又想了一句古话“一箭扣双雕”，随即取名为箭扣长城。箭扣长城是明朝万里长城最著名的险段之一，是近年来各种长城画册中上镜率最高的一段，是长城摄影的热点区域之一。

半个小时，我们爬到长城顶端一个烽火台，向四周眺望，太壮观了！那莽莽的山峦，巍巍的长城，腾腾的云雾，绵绵的群山，好一派大好河山啊！

箭扣长城是北京的一段最险峻、最雄奇的长城，自牛犄角边、南大楼、鬼门关、东西缩脖楼、东西油篓顶、将军守关、天梯、鹰飞倒仰、九眼楼、北京结到望京楼，绵延 20 多公里。最具看点的是牛犄角边、鹰飞倒仰、将军守关、九眼楼。

鹰飞倒仰是箭扣长城的精华景观，指的是修建在一个突兀的山体之上的敌楼，其势险峻雄奇，在本来就跌宕起伏的群山间拔地而起，就连雄鹰飞到这里也要倒仰向上奋力高飞才能到顶，故名“鹰飞倒仰”。

箭扣长城以险著称，在海拔 1000 多米的奇峰上，长城沿变化多端的山势向陡峰攀爬。在群山寂静处，箭扣长城带着满身斑驳，在周围林木葱葱中，更显凌厉与雄奇。

站在长城之上，我看到城墙有的裂缝破开，看来保护长城势在必行。

据赫先生介绍，有些人游览长城不注意保护，对长城造成破坏。国家和北京市先后出台条例，禁止攀爬未开放长城。为保护长城，2019 年北京市推出了“长城专职保护员”制度，在有长城资源的 6 个区聘请长城专职保护员。怀柔区为箭扣长城做了高配：不足 10 公里，配备 27 名保护员，都来自西栅子村。长城保护员负责日常巡护，看到垃圾及时捡拾，发现险情时及时处置，及时劝阻游客的危险行为，对于不听劝阻的游客立刻上报。

万里景色观不够，这山望着那山高。箭扣长城，原汁原味的万里长城，是祖国的骄傲！

八达岭：登长城有感

天气晴朗，我又一次登上八达岭长城。

站在城墙边，放眼四周，八达岭长城就像一条飘带，蜿蜒起伏，连连绵绵，荡漾在崇山峻岭之间……它又如一条巨龙翻滚爬动，气势磅礴，雄伟壮观，令人叹止！

这是我第二次登八达岭长城了！望着莽莽而去的长城，不由自主地想起了 20 年前带母亲第一次登长城的情景……

那是 20 年前的一天，带母亲到北京去八达岭看长城。

当乘缆车上到长城，母亲看着周围的群山，明显有些激动，因为母亲有生以来第一次登上这么高的地方，有这么远的视线，当叫我的乳名时，旁边游客都忍不住朝我们多看几眼——但，我并不介意，因为这是母亲生下我来时起的乳名。

说起我的乳名，这里还有一段来历。

我的老家是汶河岸边的一个小村庄。小时候家境贫寒，母亲生的第一个孩子夭折了。当生下我时，又怕活不了，天不亮把我放到村东一个麦垛上，看谁捡到给起个名字。村里的杨大娘听到麦垛上的哭声，抱起来，随口对母亲说了一句："起啥名字？混吧！"

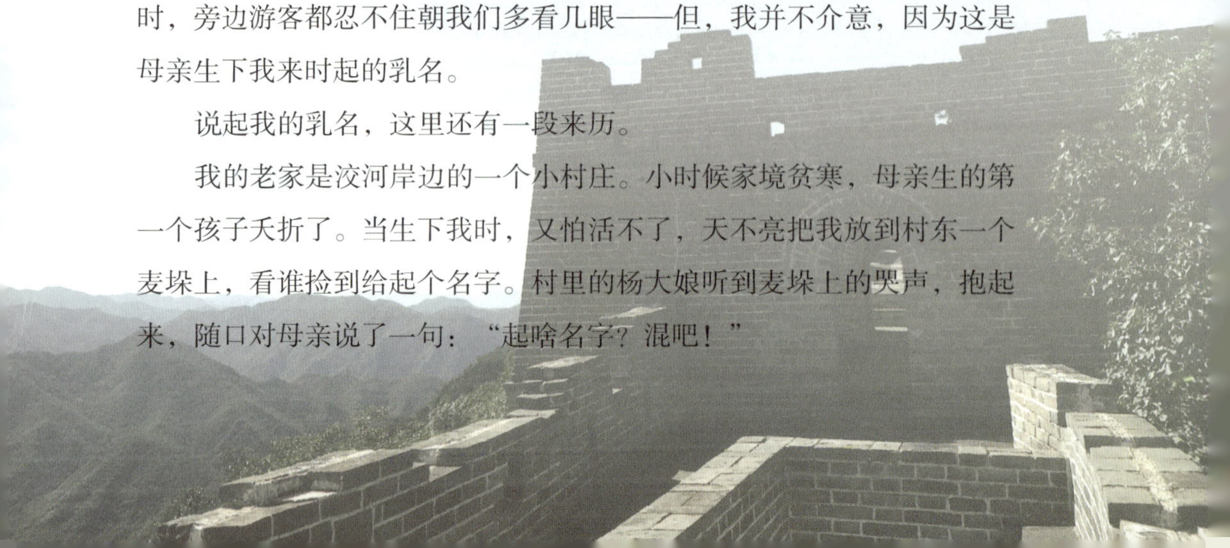

到上小学时，母亲拉着我去学校，老师登记时一下子愣了：怎么叫这个名？于是，老师又给我起名“高飞”。母亲一听，一下子搂住我对老师说：“不！不！不！俺可不让俺孩子飞！”

我的乳名，母亲叫了一辈子，每当喊我时，我感到非常亲切，尤其长时间不回老家，一进家门就听到母亲的呼唤，心里往往涌起一股热流，特别温暖，这是娘的心声……

10 年前的一天，母亲突然病倒，当我赶到医院时，母亲却张不开口了！此时，我多么想听娘叫我一声乳名啊！可母亲紧闭双眼，静静地走了……我再也听不到了……

八达岭长城是中国开放最早的长城地段，也是接待游人最多的长城景区，成为全世界瞩目的旅游胜地。作为明代长城的精髓、中华民族精神的象征，八达岭长城每天吸引着无数的中外游客从世界各地拥来，游客们在为长城的雄伟壮观而感叹的同时，也对华夏古人的智慧充满了好奇和敬仰。

八达岭长城又是接待世界各国元首、政府官员最多的长城景区。八达岭长城接待了很多外国贵宾，包括叶利钦、普京、曼德拉、尼克松、里根、奥巴马、伊丽莎白二世、撒切尔夫人等 400 余位国家元首和政府首脑，以及众多的世界风云人物。

八达岭长城素有“天下九塞之一”“北京第一屏障”之称，由于战略地位重要，是长城的重点地段。八达岭长城地处险要，城墙多建在高山深谷处，墙体用巨型花岗岩条石和青砖依山而筑，高大坚固。八达岭长城开放长度 3741 米，城台、墙台 21 座。八达岭长城是长城国家文化

公园（北京段）建设保护重点区域之一。

再见了，八达岭长城！回眼望去，蜿蜒而去的长城像一条巨龙盘来盘去，消失在茫茫群山中……

居庸关：难忘雪夜救援灾区行

走长城，在昌平区南口镇居庸关村停下脚步。

当我的目光凝聚在“居庸关”三个大字时，骤然把我的思绪一下子拉到 20 年前经过居庸关，前往坝上采访的一段经历……

那是 1998 年 1 月 10 日 11 点 50 分，河北张家口发生 6.2 级地震，地震波及北京、山西、内蒙古。震后，全国 30 多家新闻单位的记者迅速奔向灾区。在这支庞大的新闻队伍中，我们河北电视台记者也奉命前往！

坝上，发生大地震！

救援车辆纷纷驰往灾区……

通往张家口的公路上，越野车在飞奔着。这是河北电视台派出的赴

震区采访车。当时我作为电视台的领队，深感责任重大。坐在车内忐忑不安，心里时时响起临行前领导的嘱托：尽快赶到灾区，组织抗震报道！

车内仪表盘上显示时速一再飙升……

天有不测风云。刚到北京昌平地域时，下起了大雪。

汽车碾轧着积雪艰难滚动……

当走到居庸关时，突然，发动机出现异响。司机李和平机灵地侧耳细听，断定车坏了，需停车修理。雪地里，我看到居庸关淹没在雪雾中。我们一连找了几家修理厂，门都紧闭着。当敲开天时修理厂的大门时，已是午夜。好心的齐天健厂长穿上衣服，在飞雪中又拆又卸，找出了故障。但没有配件，必须等到天亮去市里买回才能维修。一听这话，赴灾区采访的一车人脑袋一个个耷拉下来，沉闷起来。不能及时赶到灾区，这意味着什么？

窗外，漫天的飞雪越下越大。

屋内，烟雾缭绕。我们几个人一齐求助厂长找个出租车送一程，出高价也可。热心的厂长又是电话，又是传呼，但出租车司机死活不拉，原因是雪太大，夜过十八盘太危险。

无奈，我走出大院，在雪地里转了几个来回想办法。心真像刀绞一样……

时间不等人啊！走进房内，他们还在继续求助。我转换口气，对这位 20 岁出头的齐天健厂长说：“小伙子！咱不讲什么任务不任务，不谈什么支援不支援，咱交个知己行不行？认一个兄弟行不行？现在老哥有了难事，你就拉一把吧！”

几句话后，齐天健厂长腾地站起来，一拍桌子动了情：“要说这个，咱们走，我借车亲自送！”

车，从居庸关出发了！不过换乘的是别人的车。只见这位厂长紧握方向盘，迎着凛冽的寒风，轧着厚厚的积雪，向着坝上，向着震区，飞驰……

黎明，车到张家口灾区……

“嘀嘀嘀——”

突然，一阵喇叭声打断了我的思绪。原来，我挡住了来往的汽车。

我挺直腰板，要爬行居庸关了！这是我第二次来居庸关。不，应该是第一次，因为上一次过居庸关什么也没有看到。

这一次，我要详细了解一下居庸关长城的来龙去脉。

踏访中，讲解员介绍了居庸关的情况。

讲解员说：“居庸关是京北长城沿线上的著名古关城，是从北面进入京城的门户，与紫荆关、倒马关、固关并称为明朝京西四大名关。”

为什么叫居庸关？原来，秦始皇修筑长城时，将囚犯、士卒和强征来的民夫徙居于此，后取“徙居庸徒”之意，故名居庸关。

当走到长城，解说员说，居庸关长城总共长 4000 余米，军事防御范围广，防御设施齐全，包括南北券城、城楼、水门、敌楼、铺房、烽燧、角楼、炮台等。那高大雄伟的城楼是指挥作战的中心，高 21 米，下面城台高 10 米。站在楼上，远近一目了然，有利于观察敌情。

走进云台，这是居庸关关城的中心，是一个雕刻精美的汉白玉建筑。云台的券门内，石刻堪称一绝，是元代石雕艺术的精品。尤其是石壁上雕刻活灵活现，四大天王像，身躯高大，怒目圆睁，并有厉鬼在其左右，是护持佛法，镇守国家四方的尊神。券门两壁四大天王的空间处，还刻有梵文、藏文、蒙古文、维吾尔文、西夏文、汉文六种文字组成的佛经，券顶布满曼陀罗花及小佛像，雕刻极为精致。

在居庸关，我还去了城内的关帝庙、真武庙、城隍庙、表忠祠以及半山亭、迎恩坊等。

看还有时间，又去了居庸关附近的南口抗战遗址。1937 年 7 月底，日寇相继占领了北平、天津。为了灭亡中国，日寇紧接着沿津浦、平汉、平绥三线扩大侵略。南口战役为中日战争早期的平绥铁路沿线作战之一，发生在居庸关的南口一带。8 月 8 日，抗战拉开，是中日双方在华北战场上的首次正面作战。此战，中国军队据守长城防线，血战 18 天，给予骄横的侵华日军以迎头痛击。

居庸关，忘不了那年的冬雪夜！

第三章

山西段：可见长城分布最多、最广的地段

山西省长城遗迹从战国一直延续到明代，尤以明代长城规模最为宏大。长城国家文化公园（山西段）建设保护将形成“一带、三段、六区、多点”的总体空间格局。山西省仅外长城就达450公里，由河北怀安县入山西省天镇县向西至偏关；而400公里的内长城由河北省涞源县入山西省灵丘县向西北至丫角山与外长城会合。

平型关
PING XING PASS

平型关：
参观平型关大捷纪念馆

大雨哗哗……

雷声不断……

我们冒着大雨，艰难来到灵丘县境内的白崖台乡“平型关战役遗址”。

灵丘，因赵国国君赵武灵王长眠于此而得名，距今已有 2300 多年的历史。

参观平型关战役遗址，接受爱国主义教育，这是我筹划已久的事了。因为，平型关大捷一直在脑海中萦绕……

平型关是明朝内长城沿线上的一个关口，实际上位于山西省大同市灵丘县和忻州市繁峙县交界处的平型岭脚下。

平型关战役，这是一场扭转中国抗战举足轻重的战斗。为此，我们迫不及待地去了平型关战役遗址现场。

平型关已被列入长城国家文化公园（山西段）建设保护“一带、三段、六区、多点”规划。

路上，司机二小先生介绍：“平型关，因发生了举世闻名的平型关战役而闻名于天下。1937 年 9 月 25 日的一场战斗，日本最精锐的师团主力，遭到我军 115 师的袭击。此次战役共歼灭日军千余人，击毁敌车

300 多辆，缴获步枪和重机枪 1100 多支，我军大胜日军！”

10 分钟车程，我们来到了平型关战役遗址。

在这里，我们去了 115 师指挥所、主战场乔沟、老爷庙、邓峰寺、驿马岭阻击战遗址等。

在将帅广场，宣传标牌显示：平型关是我国抗日战争第一个大胜仗的遗址。

离开广场，来到了乔沟。乔沟是平型关大捷主战场，位于内长城平型关东侧。

乔沟沟长 4 公里，沟深 100 多米。峡谷古道宽不过三五米，仅容一辆卡车单行，古道两侧是刀削似的危岩绝壁。讲解员介绍：“当年日军后续部队步兵进入乔沟之后，埋伏在小寨村西乔沟入口处的我军 687 团第三营，向沟内外敌人发起猛烈攻击，截断敌人的退路。沟口有 40 余名敌人冲上沟边山地，向三营九连进行反击，四五名战士中弹牺牲。九连二排排长秦二楞带领全排战士冲向敌人阵地，他连甩手榴弹炸掉敌人的一挺重机枪，然后和战士们冲上去与敌人展开肉搏战。当他刺倒两个敌人后，被日军包围起来。已经浑身是伤的秦二楞身处险境，端着刺刀同敌人左右周旋，后面敌人的刺刀刺进了他的腰部。秦二楞瞪大了血红的眼睛，猛一侧身还了身后敌人一刺刀，与敌人一起倒在地上。”

在老爷庙，讲解员介绍：“在乔沟伏击战中，被围困在西段公路上的日军抢先占领了老爷庙前高地，居高临下对处于沟底的八路军反击，给八路军造成很大威胁。686团团长李天佑命三营夺回老爷庙高地，敌我双方拼杀在一起，6架敌机前来助战。三营战士不怕敌机威胁，奋勇作战，副团长杨勇和营长邓克明先后负重伤。三营伤亡过半，九连最后只剩下10余人仍在坚持战斗。在685团、687团的配合下，经过3个多小时的血战，终于夺回了老爷庙高地，聚在该地区的400多名敌人全

部被歼。”

到达平型关大捷纪念馆后，开始排队参观。

纪念馆分三个大厅，第一展厅介绍平型关大捷的历史背景和战前形势，第二展厅主要介绍八路军平型关首战大捷的经过，第三展厅内容是平型关大捷的意义、影响和将帅对平型关大捷的评价等。

接着，攀登到山顶，瞻仰了平型关大捷纪念碑！

下午，到达平型关旧址。

在这里，我应邀参加繁峙县平型关镇党委、镇政府举办的一场“长城故事”会。

平型关镇党委书记詹俊伟说：“今天我们邀请长江韬奋奖得主、全国首届百佳新闻工作者王喜民，为我们授课。”

接着，我作为主讲人，首先重点讲述了国家启动长城国家文化公园建设保护的重大意义及长城沿线的建设情况，然后讲述了自己一个多月来沿万里长城采访的所见所闻和长城故事。

平型关村支部书记赵长胜说：“这一堂课对我们土生土长在平型关的村民特别重要，我们要爱护长城，保护长城，珍惜长城！”

讲座结束后，在平型关镇党委书记詹俊伟，镇党委副书记杜俊伟，副镇长武晋芳的带领下，参观平型关旧址。詹书记说：“平型关作为明朝内长城沿线上的一个关口，位于灵丘县和繁峙县交界，对于我们平型关镇平型关村来讲，这个关隘上旧址的保护显得尤为重要。特别是刚刚启动的长城国家文化公园项目，我们的责任很大。”

平型关镇平型关村支部赵书记说：“平型关就在我们村平型岭脚下。明朝正德六年（1510 年），修筑明朝内长城时经过平型岭，并在关岭上修建城堡。”

据了解，平型关北有恒山如屏高峙，南有五台山巍然耸立，两山之间一条不甚宽的地堑式低地通道，东连河北紫荆关，西接山西雁门关，彼此相连，结成一条严固的防线，是北京西面的重要藩屏，明清朝代，京畿恃以为安。

日落西山，夜幕降临。

而平型关村的村民们，在街头巷尾，还在议论、回味着今天特殊的一堂爱国主义教育课……

娘子关：“天下第九关”

山连着山，水连着水。几经转道，来到万里长城第九关娘子关。

站在娘子关，面对娘子关，心情涌动：这和我第一次来时所见到的娘子关大不一样啊！

我曾经跟随石家庄市第四中学的教师们一起来娘子关参观，当时还携家人一齐来领略祖国的万里长城。

现在整修的娘子关与40多年前的娘子关简直是两种模样。日月如梭，岁月如歌，感叹时代的变化！

娘子关是长城国家文化公园（山西段）建设保护“一带、三段、六区、多点”规划的重点区域之一。

我站的这个地方是山西省平定县城东北45公里晋、冀两省交界处，一边是山西省，一边是河北省，正前方是娘子关。

面对关城的南城门，看到门洞上方有“京畿藩屏”四个大字，门楼复檐匾额题字为“天下第九关”，雄伟高大，蔚为壮观。

中国历史上最著名的9个大关分别是：山海关、居庸关、紫荆关、娘子关、平型关、雁门关、嘉峪关、武胜关、友谊关。

那么，这里为什么叫娘子关呢？

据介绍，娘子关最早为唐太宗李世民胞姐平阳公主所筑，因唐朝平阳公主曾率兵驻守于此，平阳公主的部队当时人称娘子军，故得名娘子关。

走进坐落在悬崖之上的关城，眼观关城背靠峰峦起伏的绵山，居高临下，桃河水由西南折向东北，环绕关城奔腾而下。

关城石柱镌刻有两副著名楹联：“雄关百二谁为最，要路三千此并名”“楼头古戍楼边寨，城外青山城下河”。

关城上有平台为检阅兵士和瞭望敌情之用，内城门下为砖券，上为门楼，筑构甚坚固，关城两翼之长城依山势蜿蜒，成为晋冀间天然屏障。关内现存关帝庙、真武阁等古建筑。

古往今来，文人墨客纷至沓来，留下脍炙人口的诗篇。明代王世贞来到娘子关作诗：“夫人城北走降氐，娘子关前高义旗。今日关头成独笑，可无巾帼赠男儿。”

清代王祖庚的诗曰："娘子军容讲武台，雄关嵲屼倚山偎。城临苇泽湍流急，寨望承天曙色开。寻到源头飞瀑雨，坐来树底绝尘埃。圣朝休养干戈息，郑国渠边沃草莱。"

娘子关连接固关长城，成为晋、冀之间一道风景线。

我离开娘子关的关城，顺长城南行，走到了娘子关镇旧关村。

站在长城瞭望，别有诗意。固关长城北起娘子关嘉峪沟，南至白灰村村口，全长20公里，是内长城重要的关隘。城堡建于明朝嘉靖年间，明朝万历年间重修，成为明朝都城的第一道防线。

固关长城是国内保留较完整的现存唯一可考石砌内长城，是我国最早的明朝内长城，著名长城专家罗哲文称之"有小八达岭之风韵"。

固关是明朝京西四大名关之一，其余三关是居庸关、紫荆关、倒马关，同为"京畿藩屏"。

夜宿娘子关，晚餐中听娘子关故事引人入胜。

娘子关是战略要地，历来是兵家必争之地。娘子关同井陉关隔山相对，同为军事重地，扼太行山井陉口，是山西和河北之间的重要通道，此地曾发生过很多战事。

明末李自成经太原攻占娘子关，然后出战井陉关。八国联军侵华战争期间，瓦德西组织了四十六起"讨伐队"，最激烈的战斗发生在娘子关一线。

抗日战争时期，娘子关曾再度发挥防守的作用。

1937年10月，日军急于从平型关侵入山西占领太原，受到八路军阻击而失败。后来日军便沿正太铁路线西进，把娘子关作为争夺目标。当时八路军数万兵力在娘子关设防，阻敌西进，但是军力不足，娘子关迅速被日军占领。不久日军从北、东两路进入山西，太原失陷。

1940年8月，八路军进行的百团大战中，娘子关也曾成为战场。当时，晋察冀军区派10个团兵力击破日军占领的正太铁路线，破坏重点为娘

子关至平定路段。8 月 20 日夜，八路军主力一度攻入娘子关。

娘子关的夜是宁静的。静中有思，我又在感叹：峥嵘岁月稠！娘子关变化太大了。

雁门关：中华第一关

这是一个阴云密布的天气，我匆匆忙忙向雁门关赶路……

雁门关已列入长城国家文化公园（山西段）建设保护重点区域。

当赶到忻州代县城已是下午 4 点 30 分。为了赶时间，我搭了一辆出租车，北行 20 公里，到达雁门关景区门口前。然而，景区宾馆因为疫情防控早已关闭，工作人员推荐我去景区里面的农家小院居住。于是，我便背着旅行包沿着去往雁门关的路，走了半个多小时，到达路边的一家民宿。

主人李大嫂格外热情，很快安排我到二层小楼住下，并说：“晚餐就在家里吃了！”

这时，我一看手表，为下午 5 点 40 分，便问李大嫂：“这里距雁门关还有多远？”

李大嫂说：“3.9 公里！”

我抬头向上一看：我的天！雁门关在山顶之上！

此时，李大嫂看出了我的心思，说：“我们当地人，爬上去半个小时，外地人啊，至少一个小时！雁门关 7 点后就不再放人上了！你现在还可以上，不过要快点儿爬！”

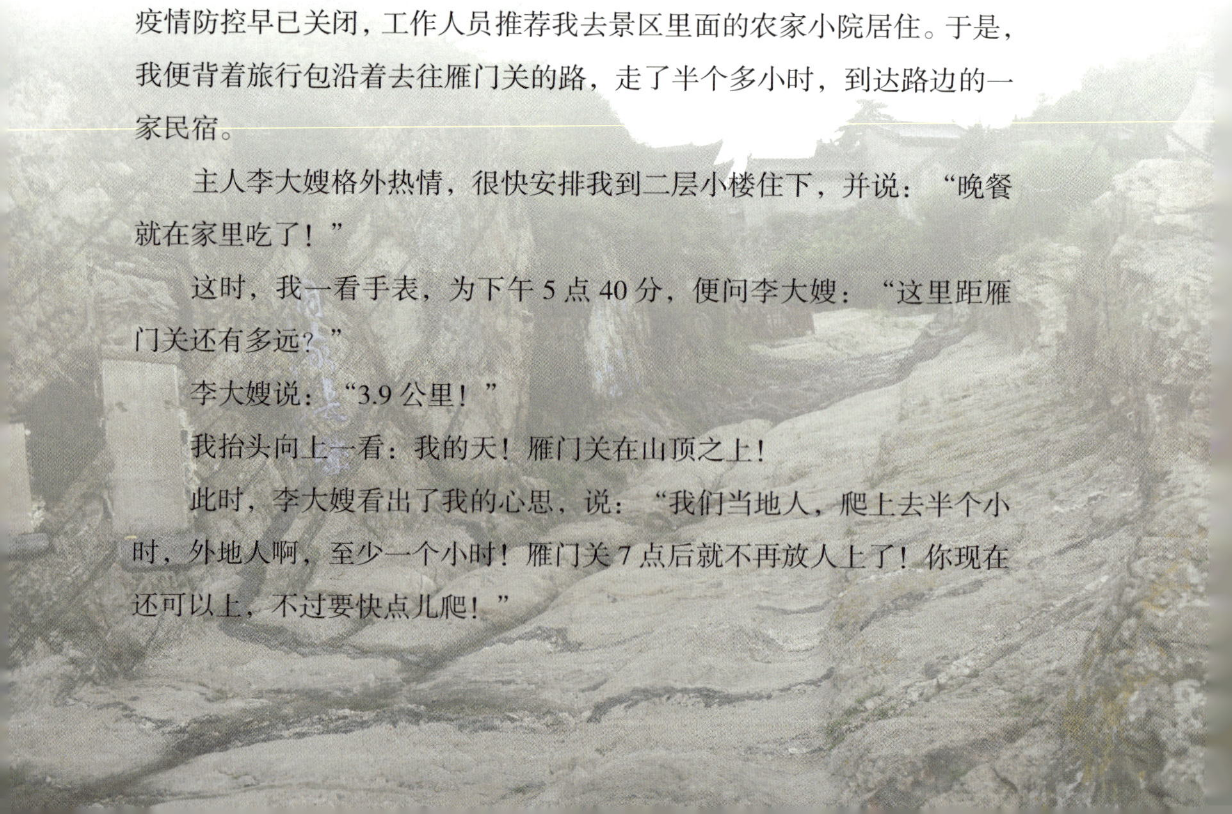

我稍加思索了一下，马上决定：爬吧，不到长城非好汉！

从南门开始，沿途全是石铺路！

全程石头路，个别路段有砖垒台阶。

路两旁全是树林，右边是一条溪流，脚下的石头路并不平，稍不注意就会被绊倒……

沿途看不到一个人影，再加上雾蒙蒙，阴森可怕……

走着走着，在一个拐弯处，迎面走下来3个年轻人，我问："小伙子，还有多远啊？"

小伙子："上吧！早着呢！大约还有五分之四的路程。"

这时，我一看手表，6点10分，下定决心，一定要爬上去！

途中，路右边一个"马字碑"，上面写着：马公杀虎处。

对此，我很感兴趣，便停下查看了解。原来，在明代初年，雁门关关道两侧森林茂密，经常有虎出没，屡屡伤及百姓，令过往商旅无不谈虎色变。当时镇守雁门关的总兵叫马祖，一天他与兄弟马宗谈及此事，马宗自荐除虎，却被虎所害。兄承弟志，终杀虎于道旁。马祖杀虎的事，在雁门关古道上、代州城内引起不小的轰动，代州府衙还送匾额祝贺，当地百姓纷纷捐资为马祖树碑，并将马宗葬于碑侧。

过"马字碑"便是盘古石。盘古石？对盘古石的来历，史无明文。目前能够见到的最早记载是《穆天子传》中所记述：公元前960年的一天，有一天然顽石上，清晰幻化出"雁门关"三字，且为古繁体。自然与人文的神奇巧合，或许是盘古开天地时就形成的。

我又上路了！过观音殿，出现一个拐弯，石头路变得越来越陡峭。

突然，左侧悬崖上出现一座古老的石碑，上边写有雁门关三个字。这时，我马上意识到：雁门关到了。我抬头迈步的一刹那，看到正前方悬崖上的雁门关城楼。睁大眼睛看，右为雁门关，左为镇边祠。当看到城楼上的"中华第一关"五个大字时，我马上激动起来……

这就是“雁门关”啊！

这就是“中华第一关”啊！

今天，终于实现了走“中华第一关”的愿望！

看看手表，攀爬 3.9 公里，用去 45 分钟！值得啊！

到达雁门关，我又爬上雁门关的顶部，站在顶层的雁门关楼（简称雁楼）牌匾前眺望：俯瞰那远去的山峦叠翠，弯弯曲曲的古道，居高临下，十分惬意！登顶雁门关，别有感慨，不由得默背诗词：“天高云淡，望断南飞雁。不到长城非好汉……”

从雁门关楼下来，我又去了宁边楼、偃公堂、雁门关山顶长城塔、雁门关驿站、镇边祠等。

偃公堂，历史悠久。堂中供奉目前已知镇守雁门关之最早大将西周文王之子、武王之弟——姬幸（号偃），其因镇守雁门有功，被成王赐

为幸姓，从而成为全球幸氏之祖。同时供奉历代镇守雁门关之幸氏将领。

走进镇边祠，感触极深，特别是红色文化，让人们在游览的同时上了一堂爱国主义教育课。

讲解员介绍：1937 年 9 月，中国共产党为了团结抗日，派周恩来、彭德怀等，前来雁门山的太和岭口与国民党第二战区司令长官阎锡山会晤。1937 年 10 月 18 日，就在阎锡山弃关南撤以后，八路军 120 师 716 团，挺进雁门关大同公路附近，在此伏击了日军汽车运输队，摧毁敌人汽车 400 余辆。

雁门关的抗日烽火很旺！

1937 年 10 月 10 日晚，八路军 129 师 769 团，又在雁门关下袭击了日军阳明堡机场，炸毁敌机 24 架。雁门关，战事频繁，也留下了时代的印迹。

镇边祠原称李牧祠，1937 年日军占领雁门关后被破坏，后修复改名镇边祠。目前，该祠成为展示姬幸、李牧、薛仁贵、杨家将等西周至明朝 2600 多年间守关名将的展览馆。

讲到李牧，我问讲解员：“雁门关有多少战事？”

讲解员说：“雁门关是长城重要的关隘，雁门关东走平型关、紫荆关、倒马关，直抵幽燕，连接瀚海；西去轩岗口、宁武关、偏头关至黄河边。恒山沿代县北境蜿蜒于山巅的内长城，将雁门山、馒头山、草垛山连成一体。而雁门关两侧由吕梁山和太行山夹心，中间是河谷，是进晋的‘咽喉’，是历史最为悠久且经历战事最为频繁的古关隘，自秦汉以来，雁门关是古代塞北少数民族入侵内地的通道，公元前 4 世纪至 20 世纪，发生在这里的战事有 140 多次。战国名将李牧、秦朝大将蒙恬、汉朝飞将军李广、唐初无敌将军薛仁贵等，都曾在此留下诸多故事。尤以宋朝杨家将在此与辽军的战争为国人所共知，历史上只要一提到雁门关，人们马上就会想到宋朝杨家将的故事。”

这时，讲解员停顿了一下，又转换话题说：“王昭君等 5 位出塞和亲的公主，慈禧太后从雁门关出走，都在这里留下了足迹。”

雁门关与宁武关、偏关合称为“外三关”，历代为中国北境重镇要隘。“汉高祖北征”“昭君出塞”“宋钦徽二帝北掳”“杨家将镇守三关”等重大历史事件均与此关联。

下山的路上，恰与雁门关的一位工作人员同路。他一边走一边向我介绍，“雁门关”因两山东西对峙，其形如门，每年春来，南雁北飞，口衔芦叶，飞到雁门盘旋半晌，直到叶落方可过关。故有“雁门山者，雁飞出其间”的说法。

据《山海经》记载：“雁门山者，雁飞出其间。在高柳北，高柳在代北。”雁门关以“险”著称，被誉为“中华第一关”，是长城上的重要关隘，有“天下九塞，雁门为首”之说。

整整半个小时，我们沿关道下了山。

晚上，做客长城脚下的李秀莲家。李秀莲是雁门关阜家坪村人，她爱人在外地打工，本人经营着家庭旅馆和饭店。

李秀莲大嫂是个热心人，晚餐有烧烤、水煮鱼、凉拌野菜等，很有地方特色。我们一边吃，一边聊天。我还专门向他们全家老小讲述“长城故事”，讲解国家启动的长城国家文化公园建设……

夜幕中，我们一直交流到深夜……

雁门关，沉睡在巍巍大山之中……

广武长城：
城墙上的“月亮门”

我在山西北部采风时，充分体会到，山西不愧为长城大省，长城资源非常丰富。

山西北部地域，几乎全被长城包围。山西长城带上，有很多历史文化景观，同时被列入长城国家文化公园（山西段）的建设保护规则之中。

细雨绵绵，云雾缭绕。

迎着细雨向着广武长城行进……

陪同采访的是山阴县委宣传部的靳部长。交谈中，可以看出靳部长对当地历史十分了解，特别是对山阴县的长城，更是了如指掌。

行车中，靳部长说：“对于长城国家文化公园的建设，我们县起步较早，在 2019 年就开始筹划，2020 年建设项目正式启动！”

汽车在飞驰，秋雨仍在下……

窗外，那巍峨长城蜿蜒而去，那烽火台一座连一座频频闪过，那长城国家文化公园宣传栏不断闯入眼帘……

长城石柱、长城路标、长城指示牌、长城 1 号公路、长城停车场……

“长城”“长城”“长城”，长城的出镜率如此高啊！

突然，长城脚下的旷野中现出一条巨幅标语：广武长城国家文化公

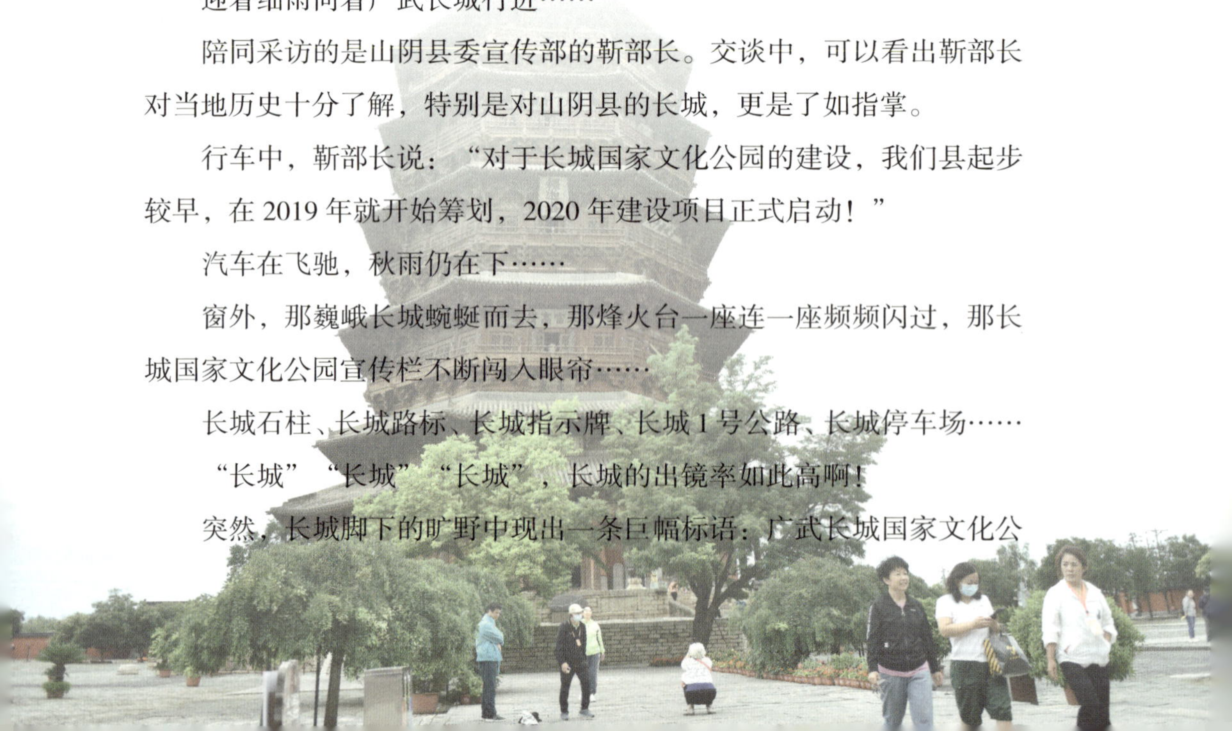

园。

啊！远远望去这条标语，大约有一里之长！这条标语上每个字大约有 5 米见方！长城公园巨幅标语，少见！

建设长城国家文化公园，是我们国家做出的一个重要决策，而作为山西省一个小小的山阴县，从县里到乡村，对此如此关注，反应如此迅速，这是我沿长城万里行中少见的！

半个小时车程，到达广武明长城前。

刚下车，就看到一处宣传木牌，是广武长城国家文化公园规划图。

靳部长面对木牌，讲长城公园规划。

面对规划图，我问靳部长：“山阴县长城国家文化公园包含的项目有哪些？”

靳部长指着规划图详细介绍说：“长城公园包括广武长城遗址保护、长城旧广武村历史文化名村建设、山阴县广武长城博物馆建设等。”

说完，开始攀登广武明长城。我们一边走，靳部长一边讲广武长城

的历史……

途中，看到了刻有世界文化遗产标识的石碑。

一边爬，一边抬头眺望长城。

啊！长城！在天下，在山巅，在云中……我的天！这么高的长城呀！

“不到长城非好汉！”心里在默念，给自己加油！

靳部长边走边说：“新广武城建于明洪武七年（1374 年），当时的军事城堡，所在地自古兵家必争。”

说着，靳部长停下脚步，指着头顶上的长城道：“看看，这里多险呀！”

长城脚下的望月台，宁静地站在云雾中……

靳部长接着讲：“汉王朝时，在此设县置郡，屯兵扼守，起到了抵御匈奴南侵的作用。到明代，为了防御蒙古游牧民族的入侵袭扰，明王朝从前期即开始了大规模修筑长城的工程，这项浩大的工程到了明中晚期更臻完备。”

我问：“附属设置呢？”

靳部长答：“在长城沿线有众多的城堡，新广武城就是其中一座。明代边境上的这种城堡平时屯种，战时出征，在和平时期还兼有易市、榷场的经济职能。”

我问：“发生过多少战事？”

靳部长答：“历史上这里发生过 4700 次战争！”

我问：“抗日战争呢？”

靳部长答：“抗日战争，我军很勇敢，浴血奋战，民族精神震撼世界！”

攀登！攀登！

雾蒙蒙的长城……

冒着细雨，穿过云雾，我们终于爬到山顶，胜利到达广武明长城！

在长城上，我一眼就看到立在城墙之上的月亮门！

太让人震撼了！

这个独特的月亮门，是山阴县乃至广武明长城的标志！

“这个月亮门是怎么形成的呢？”

靳部长现场解答：“2016 年 10 月 3 日晚至 4 日晨之间，山西广武明长城标志性景观月亮门的残存长城敌楼发生坍塌。”

这时，靳部长展示坍塌的月亮门资料图，及复原后的月亮门：“2016 年 11 月，政府对已坍塌月亮门进行了保护性重修，用新砖进行了加固，并根据故楼布局搭建了台基。该段长城其余部分则仍然保持原样。”

这时，我马上意识到，当地政府是重视长城保护的！

在长城脚下，靳部长带我查看了山阴县启动广武长城国家文化公园项目中的旧广武城、广武明长城博物馆建设工地、广武汉墓群改建工地等。其中，广武汉墓群是亚洲最大的墓群。

回程中，我在回味：长城博物馆效果图、旧广武城中千年古树、长城博物馆建设工地、广武汉墓群雕像……

杀虎口：
长城前聆听“走西口”故事

车轮滚滚，和风阵阵……

汽车向着杀虎口长城方向飞驰……

我是早上从山阴县出发的。因杀虎口长城也被列入长城国家文化公园（山西段）建设保护重点规划之中，所以我特意把杀虎口作为重点踏访对象。

天高云淡，汽车像脱缰的野马在高速路上疾驰……

伴随着车轮的飞转，陪伴我采访的右玉县委宣传部的李公园科长有意播放《走西口》的歌曲——

哥哥你走西口，
小妹妹我实在难留。
手拉着那哥哥的手，
送哥送到大门口。
…………

一个多小时车程，到达长城杀虎口。

当我站在关口前时，杀虎口并不是我想象中屹立在山巅长城上那样的关口，而是建在一片平地上，背后才是绵延的山岭。要不是墙上“杀虎口”三个大字，我误以为是平平常常的城门呢。

人说,东有张家口,西有杀虎口,而我心目中的杀虎口不是这个样子。

这时，李公园科长带我们登上杀虎口，慢慢品味关口的建筑。

在关口，依稀可见远处的长城。

我问李科长：“为什么不叫杀虎关，而叫杀虎口呢？”

李科长答：“关和口是一个意思，不过，外长城叫口，内长城称关！还有一层意思，即走西口中的西口，即是杀虎口。”

我问：“为什么？”

李科长说："杀虎口作为一代雄关，闻名遐迩，已有2000多年历史。不仅是历代兵家必争之地，也是重要税关，中原与俄罗斯等国贸易的必经之路，清朝极盛时期，关山日进斗金。明清时期杀虎口还成为晋商的发祥地和主要通道。"

原来，曾经盛极一时的"大盛魁"商号的发祥地就在杀虎口。走西口是昔日晋商商帮的追求，又是山西人西口移民谋生的出口。

从杀虎口，我们直接走进东侧的"西口文化博物馆"。

讲解员在"回望西口展厅"讲述走西口的故事。

展厅中有长城、走西口、杀虎口等展示板块。特别是"走西口"展厅，展示走西口的岁月中，这里的人民走出了一段闻名天下背井离乡的历史，书写了一段血与泪的篇章……

走在走西口道路旧址，心潮涌动……

当我们返回杀虎口广场，看到这里的人有的闲聊，有的下棋，有的跳舞。而《走西口》的歌声在广场飞扬："哥哥你走西口，小妹妹我实在难留。手拉着那哥哥的手……"

在广场，我采访了刘月新老人。

问："您是哪个村的？"

答："杀虎口村的！"

问："今年多大了？"

答："60 岁！"

问："您知道走西口吗？"

答："知道，知道，我爷爷的爷爷就是走西口的人。爷爷的爷爷带我们一家老少走出西口到了呼和浩特。"

这时，李公园科长介绍，电视剧《走西口》的上映，引发更多的人关注杀虎口。

正说着，旁边有一个村民靠过来，他叫刘二虎，是附近高墙框村人，

今年 70 岁。他也讲了祖辈走西口的经历。我顺便采访了刘二虎老汉。

问："为什么叫走西口？"

答："旧社会，关内山西、陕西、河北一带的老百姓，闹饥荒，成群结队离乡背井，通过这个杀虎口外出逃荒，去关外租地耕种，养家糊口。"

问："你们村有走西口的人吗？"

答："我们村过去很多人走西口，大多数人定居在关外。我老爷爷就是走西口的，后又回来了。"

我用手指着前边的杀虎口问："是从这个杀虎口走出去的吧？"

答："不是这个口，是另外一个小门。这个小门只能牵一匹马过。"

问："为什么门口这么小？"

答："主要怕北边的侵略者骑马过来。"

杀虎口旧址已被风沙埋没在地下。

在杀虎口旁边，有明代马市口遗址，也已被黄沙埋没。

面对杀虎口，心生感慨！其实，感慨的不是杀虎口，而是走西口！走西口、闯关东、下南洋这都是生活所迫。无论闯关东到东北，还是下南洋到东南亚、南亚，或走西口进入内蒙古高原，都是为了求生存，这已经是历史了！

据悉，历史上，当汉族人和匈奴刀戈相向时，杀虎口叫“杀胡口”；当统一成一个国家，民族融合开展贸易时，改称“杀虎口”。

返程中，耳边又响起《走西口》的歌——

…………

手拉着那哥哥的手，
送哥送到大门口。
哥哥你走西口，
小妹妹我有句话留……

宁武关：
历代战争最频繁的关口

马不停蹄……

我从右玉县杀虎口长城出发，急急忙忙向宁武县赶，去那里探访宁武关长城。陪我踏访的是朔州融媒体记者郝晓鹏。巧的是，郝晓鹏为宁武县人，对宁武县的长城了解非常透彻。

汽车在弯弯曲曲的山路上行驶，一进宁武县地界，从车窗外，看到断断续续很多段长城，尤其是敌台、土垛、烽火台，一个连一个，而且距离很近，这是我一路采访长城中少见的。

当行至一个山口，长城保存完好，城墙下立有一座石碑，上面写着：明长城遗址（阳方口段）。

我们绕开这段明长城，进入阳方口镇，一眼看到街心的古楼，走近看，楼洞上写着“宁武关”三个字。

于是，我在镇上采访了几位老者，他们说，这确实是明长城的一个关口，叫宁武关，但真正的宁武关在县城，处在县委、县政府的一侧。

离开阳方口的宁武关长城继续前行。

途中，郝晓鹏指着窗外的长城介绍：“当时为了抵御蒙古游牧少数民族的进攻，在北方不断设险置关、修筑长城防线，形成了外边与内边。”

我问：“外边、内边，外三关、内三关的区别是怎样的呢？”

郝晓鹏说：“内边，就是指西起山西偏关县，经神池、宁武、代县、朔县、河北蔚县等地，抵达延庆区的内线长城，蜿蜒 1000 多公里。在这条防线上，创关设堡，驻守军队。在河北境内，沿线设紫荆、倒马、居庸三关，称为内三关。在山西境内，设偏头、宁武、雁门三关，称为外三关。”

汽车大约又走了半个小时，我们到达宁武县城，当行至县委、县政府门前，我们看到了宏伟壮观的宁武关。

在这里等候的宁武县人大常委会副主任苏栓斌，一下子握住我的手连连说：“欢迎、欢迎！”

在宁武县城的宁武关前，苏栓斌向我介绍长城情况。

苏栓斌是中国长城学会会员、忻州长城学会副会长，他对宁武县的长城十分了解，还出版了《宁武长城》一书。

在宁武关前，他向我详细介绍了宁武关的历史。之后又到办公室座谈，苏栓斌说到“宁武关的战事”：“1938 年，日伪军 10000 余人分 4 路围攻晋西北根据地，并占领了宁武等 7 个县城。八路军 120 师采取集中兵力各个击破的策略，首先击败其他各地的敌人，然后以主力在宁武外围活动，切断敌军退路，并以一部分兵力紧逼宁武城。这时宁武之敌便在从阳方口南下敌人的接应下，弃城北窜，120 师予以沉重打击，终于收复了宁武城。在 1940 年的百团大战中，八路军 120 师曾以截断同蒲路北段交通为目的，以主力破击宁武，在宁武、忻州展开破击战，有力地打击了日本侵略军。”

的确，宁武关，三关中战事最多的关口！

宁武长城，阻挡了外来的侵略！

偏头关：
老牛湾长城与黄河牵手

顺长城西行，到达偏头关。偏头关处在偏关县黄河边，与宁武关、雁门关合称“三关”。此三关鼎峙晋北，互为犄角，是北疆之门户，京师之屏障。偏头关东连丫角山，西濒黄河，因东仰西伏，故名偏头关。

偏头关是明代长城外三关之首，为“三晋之屏藩”“晋北之锁钥”。“雄关鼎宁雁，山连紫塞长，地控黄河北，金城巩晋强。”这是古人对偏头关的赞誉。

偏关县的老牛湾、丫角山明长城为长城国家文化公园（山西段）建设保护重点段长城。

2022年6月22日，偏关县召开长城国家文化公园（偏关段）建设谋划会，县长高跃龙提出：用“时时放心不下，事事放心不下”的责任担当，以长城为纽带，串联特色村落、红色文化等，结合乡村振兴，挖掘长城文化和长城精神。

偏关县境内长城总长126公里，是山西省境内内长城遗址最长的县。偏关县既是山西省境内长城与黄河连接的县，又是山西省内外长城交会的唯一县。

偏头关

来到偏头关，首先去了偏头关的关城。

偏头关的关城，既保留了古老的一面，又颇具现代感。偏头关城看起来形状很不规则，东西长 1 公里左右，在东、西、南三道城门外都有瓮城。

信步于关城，城墙砖石一部分犹存，大多为夯土墙，东部城墙已不复存在。

走出关城，在偏头关东南 1 公里，看到了文笔凌霄塔。碑文记载，该塔创建于明代天启元年（1621 年），为砖石结构、八角形楼阁式空心雁塔。基座二层塔底部周长 29 米，塔高 35 米，外观形似文笔，故名文笔凌霄塔。从二层开始，每层 4 个窗洞，由内壁隐筑楼梯。

偏关古城为边防重镇，名胜古迹颇多，特别是明朝修筑的长城，为六条边墙。

除明长城、文笔凌霄塔外，还有唐建隆岗寺以及古烽火台岩洞、白衣殿等。

偏关长城古堡是偏关县的军事要塞，是我国万里长城的精华地段之一，偏关县因此被誉为中华“长城古堡”第一县。

陪同踏访的周先生介绍：“在偏关县，明代除设置偏头关外，在崇山峻岭的长城沿线及重要通道上建起了很多座古堡，其中有桦林堡、老牛湾堡、草垛山堡、老营堡等，很有观赏价值。”

我问：“为什么是修这么多古堡？”

周先生介绍：“主要是防外侵！这里历史上是兵家必争之地。”

接着，周先生讲了一些战事，他说：“明朝弘治年间，蒙古鞑靼部达延汗统一了蒙古后，经常率兵南犯。嘉靖年间，达延汗之孙俺答数次入侵偏头关。隆庆初，蒙古军队再次由偏头关西北侵入，人们奋力反抗。抗日战争时期，偏头关是晋西北根据地。1938 年，日本侵略军集中万余人，分两路围攻该抗日根据地：一路从井坪向偏关、河曲进犯；一路从原绥远清水河向偏关方向进犯。八路军 359 旅北上阻击敌人，但南下的敌人乘机先占领了宁武、偏关等县城。八路军 120 师根据上级的指示集中力量打击敌人，偏关的守敌也只好向东撤退，于是八路军迅速夺回了偏关。”

一 老牛湾

老牛湾是偏关外长城的起点，从老牛湾起，东至丫角山老牛湾，长城与黄河“握手之地”，无论是对长城还是对黄河来说，都是重要位置，

更是旅行者打卡之地。

我们从偏关县城驱车东北行去往老牛湾。汽车过万家寨，看到了黄河乾坤湾，位于从万家寨到老牛湾的路上，这是一大特色的景观，180度长湾，分外壮观美丽，让人不得不拿出手机，将这一景色拍下。

偏关县是黄河入晋第一县，黄河入晋是从老牛湾开始的。乾坤湾被《中国国家地理》杂志称为“百里长峡中的最美回环”，被专家学者定义为太极八卦图的样式。

偏关县政府部门精心打造，将乾坤湾从一个单纯的自然景观提升为凸显阴阳、天地、乾坤为一体的旅游景观。

到达老牛湾，站在岭上眺望：一边是巍巍万里长城逶迤东来，翻千山越万岭，一边是滔滔的黄河；换一个角度看，一条是人类勤劳和智慧所造就的气势磅礴、雄伟壮丽的巨龙，一条是大自然神工奇力所造就的百转千回、惊涛澎湃的奇观。两者自然相会、触摸，交汇成为最引人入胜的长城和黄河的“握手之态”。

午间，我们走进老牛湾古村落。

老牛湾古村落三面环河，四围峡谷峭壁，村中民居因地就势，错落有致。村中有窑洞式院落60余座，房屋200余间，其建筑材料、生活器物就地取材皆为石质，有石板街、石板屋、石窑、石炕、石碾、石磨、石臼、石锁等。其中炕板、炕桌、灶台、地板等也取材于此地的石头。旅游界将老牛湾古村誉为“石头民俗博物馆”。

攀登石阶上庙祈祷。

午间，我们走进农家进餐，饭间向百姓询问乡村振兴情况，了解当地风土人情。

丫角山

偏关长城蜿蜒而去，不但长而且精彩，丫角山长城更是一绝！

从老牛湾沿长城东行至柏杨岭，内长城与外长城交会于丫角山，又是一处壮丽的景观。

外长城从朔州平鲁区东行至偏关境内，在柏杨岭和从神池县进入偏关的内长城交会成“丫”字，所以此交会处被当地人形象地称为“丫角山”。

此处筑有三道城墙：一道是将军会堡西至丫角山的十里边墙；一道向西沿清水河县、偏关县界抵黄河老牛湾；一道向南进入偏关县境经由老营绵延至外三关。

据《三云筹俎考》载：“将军会堡西至丫角山十里。”此地立有碑，碑文为“仙西路地方参将口都指挥佥事郭汾管丫角起东西两路边界”，立碑日期落："万历贰拾柒年陆月吉日立"。

丫角山的看点是"九窑十八洞"。九窑十八洞是一座功能齐全的军事堡垒，尽管已面目全非，但依旧巍然屹立，墙垣沧桑，见证了长城的蹉跎岁月……

据悉，丫角山驿站建设已经启动，已列入长城国家文化公园（山西段）重点项目。驿站主楼三层框架结构，建筑面积1521米，一层设50立方米生活水箱、180立方米消防水箱、发电机房、高低压配电室、储存间，二层为服务大厅，三层为酒吧，屋顶为观景台设两道仿古连廊。

第四章

内蒙古段：中国现存最古老的长城

内蒙古长城遗迹长 7570 公里，占长城总长度的三分之一，居全国前列。长城国家文化公园（内蒙古段）建设保护重点为呼和浩特市新城区坡根底秦长城、清水河县明长城，包头市固阳县秦长城等点段。春秋战国时期，燕、赵等国为防御外侵，修筑烽火台并用城墙连接起来，形成最早的长城，其中包头市境内一段赵长城是中国现存最古老的长城。秦始皇遣蒙恬北击匈奴，在内蒙古西部阴山修筑长城，将燕、赵长城连接起来，其中战国秦汉长城是内蒙古长城遗址的重要组成部分。

锡林郭勒：从元上都到元中都、元大都

旋转的车轮……

加大的油门……

开足马力，向着内蒙古自治区锡林郭勒盟正蓝旗的元上都遗址飞奔……

刚刚离开山西省偏关县，心里还在回味老牛湾，太有嚼头了！本来，在内蒙古的采访主要在清水河县，因为清水河县长城被列在长城国家文化公园（内蒙古段）建设保护重要点段之中。但是我已经去过两次了，何况它与山西省偏关县老牛湾几乎在同一个经纬度，景观大致相同，为此我决定不再去、也不再写了，改为踏访内蒙古的正蓝旗元上都遗址。

在公路上汽车飞奔……

内蒙古拥有战国、秦、汉、北魏、西夏、金、明等共 11 个历史时期的长城遗迹，总长度在拥有长城的 15 个省区市中位居前列，而且沿长城内外有很多可去之处。

内蒙古，是我采风长城的第四个省区，锡林郭勒盟正蓝旗是我在此采风的第一站。

当进入锡林郭勒盟地域时，司机很快将背景音乐切换成了带有内蒙

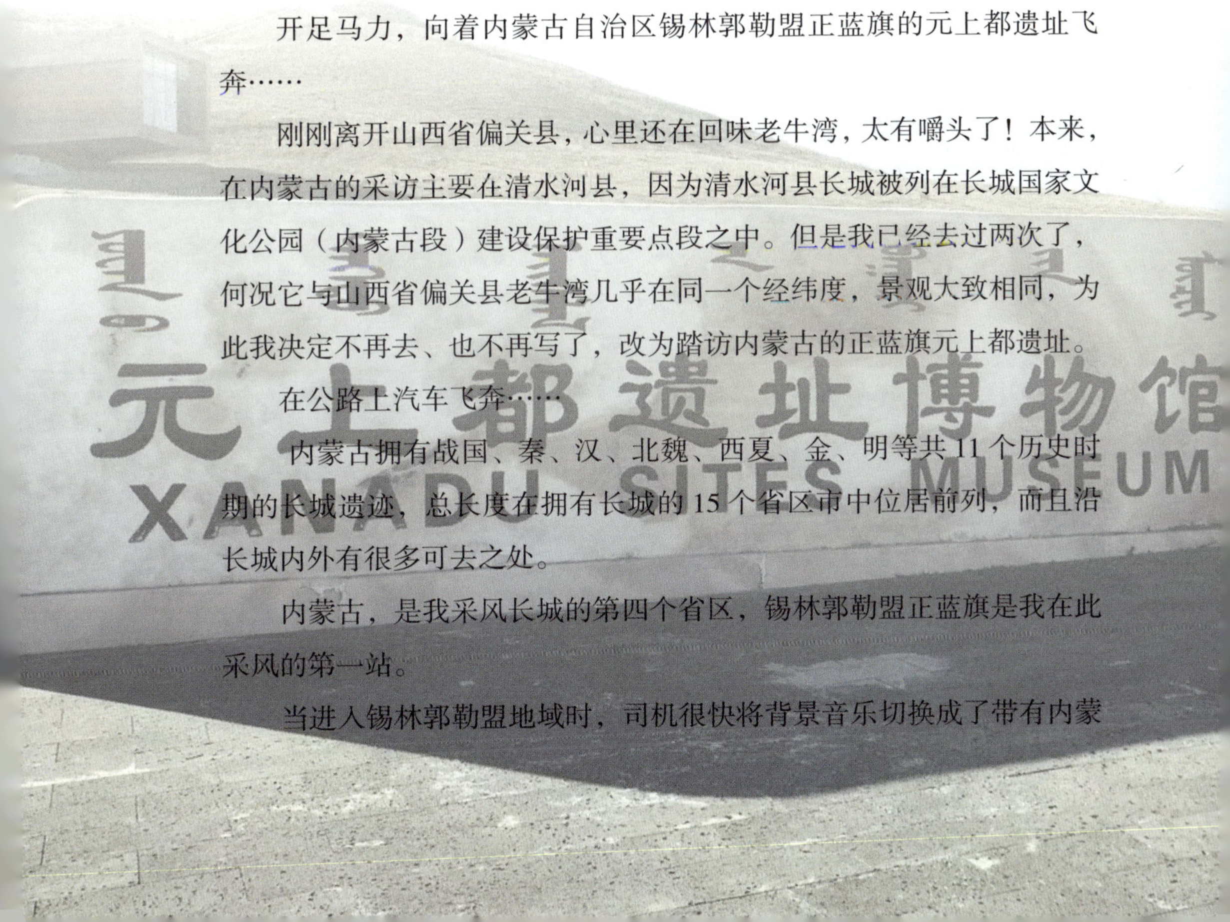

古风情的歌曲。听着音乐，眼前呈现的景象仍然是大片大片的戈壁。

锡林郭勒盟境内的古长城遗址，主要是燕、秦、金等时期修建的长城。秦长城大部分在察哈尔草原的南部山地，而且多用石头垒砌，在地势险要的地方还垒筑烽火台等镇所。

几经跋涉，来到了锡林郭勒盟正蓝旗，我又从城里驱车 20 公里，到达元上都。此处为闪电河畔金莲川草原之上，南临上都河，北依龙岗山。

元上都遗址，错落有致的布局依稀可辨。这座由我国北方游牧民族创建的草原都城，被认定是中原农耕文化与草原游牧文化奇妙结合的产物，史学家称其可与意大利古城庞贝相媲美。元上都遗址 2012 年被联合国教科文组织列入世界文化遗产名录。

元上都始建于元宪宗六年（1256 年），是中国历史上元王朝的首都、元文化的发祥地，元王朝政治、经济、文化、宗教及对外交往中心。

元上都遗址主要由宫城、皇城、外城等遗存组成。皇城内有“四横三纵”共 7 条主要街道，建筑遗迹分布疏散，东北角和西北角分别为大龙光华严寺和大乾元寺两座佛教寺院，东南部有孔庙及道观、翰林院遗址。

元中都遗址位于河北省张家口市张北县馒头营乡，我曾经到此采访过。

元中都遗址就在马路边，不是很明显。那里曾经是一座繁华的都城，后因风沙的侵袭，好端端的一座城被埋没，变成沙砾。

1307 年武宗海山下令建行宫于旺兀察都（白城子）之地，立宫阙为中都。元中都与当时的元大都（即今北京）、元上都（今内蒙古锡林郭勒盟正蓝旗东）齐名。

从现存的遗址来看，元中都分为外城、中城、内城以及城墙和角楼。文物专家认为，元中都从建立到焚毁的历史，可充分反映元代从鼎盛走

向衰亡的过程。

目前，张北县已将这一古遗址保护起来，遗址中出土了大量国家级珍贵文物，震惊了世界。

元中都遗址的发掘同时也让人们警惕风沙的肆虐，提醒人们防风治沙，植树种草，改善生态环境。因为这里原来的生态环境很好，有“沙平草原望不尽”“风低白草天无际”之咏。

看完元都遗址，我很感慨：作为我国历史上强盛的元朝，历史遗址存留的不是很多。元上都遗址、元中都遗址、元大都城垣遗址，我全看了，特别是北京的元大都城垣，印象最深。

元大都城垣遗址保护得很好。具体分为海淀和朝阳两段，全长 9 公里，是北京市城区内最大的带状遗址，现已开辟成集历史遗迹、生态环境、休闲游览于一体的公园。公园最西端起点处有乾隆御笔“蓟门烟树”碑，为旧燕京八景之一。

元大都城垣遗址作为北京城市文明发展的见证和实物遗存，是研究北京城址变迁的重要实迹。

鄂尔多斯：分布五个时代的长城

汽车离开锡林郭勒盟正蓝旗，穿越乌兰察布市、呼和浩特市，进入鄂尔多斯地域。

鄂尔多斯，处在明长城北部，其中有著名的库布其、毛乌素两大沙漠。库布其沙漠北临黄河，面积10000多平方公里，呈东西条带状分布；毛乌素沙漠地处鄂尔多斯市腹地。

旧地重来，这是我第三次到鄂尔多斯。

陪同采访的相处长说："鄂尔多斯市境内共有战国、秦、隋、宋、明五个时代的长城，总长228公里。战国秦长城由南向北分布于鄂尔多斯市伊金霍洛旗、准格尔旗、达拉特旗、东胜区，全长94公里。秦长城分布于鄂托克旗、达拉特旗，全长39公里。隋长城分布于鄂托克前旗，全长12公里。宋长城分布在准格尔旗，共有20余座烽火台和3座古城。明长城分布于鄂托克前旗、准格尔旗、鄂托克旗，全长83公里。鄂尔多斯地区是内蒙古乃至全国长城分布最广的地区之一。"

汽车继续北上，透过车窗能看到山谷中独特的沙漠草原，这里为鄂尔多斯地区典型的地貌：草原加沙漠。

进入鄂尔多斯地区后，眼前出现大片大片的沙漠，原来这就是库布

齐沙漠。

库布齐沙漠，是中国第七大沙漠，在河套平原黄河“几”字弯里的黄河南岸，往北是阴山西段狼山地区。“库布其”蒙古语意为“弓上的弦”，因为库布其沙漠处在黄河南岸，像一根挂在黄河上的弦。库布其沙漠是距北京较近的沙漠，位于鄂尔多斯高原脊线的北部，其沙漠以流动沙丘为主，素有“响沙湾”之称。

说着说着，我们来到著名的响沙湾，领略响沙湾的风光。

响沙湾处在库布其大沙漠东端，罕台川河西侧。站在沙地远望，浩瀚无垠，黄丘遍野，大有“大漠孤烟直，长河落日圆”之感。

响沙湾连接秦长城。我从响沙湾直奔东胜区的秦长城遗址。站在秦长城遗址，浮想联翩，这是当年秦始皇下令修建的长城啊！

其实，这里还有秦始皇的“杰作”秦直道。面对秦直道，向导介绍：“秦始皇统一六国后，为抵御北方强大的匈奴的侵扰，于始皇三十五年（前212年），令大将蒙恬征调民夫30万，历时两年半修筑了一条直道。直道南起秦都云阳（今陕西淳化县北），途经14个县（区）全长1400多里，平均宽度约30米，由于这样的道路宽阔平坦，大队人马能驰援，故称驰道，又因其南北遥遥相对、直线相通，也称直道。秦始皇修建了由都城通往六国的驰道多条，但直道仅此一条，这算是世界历史上最早的一条‘高速公路’吧。”

包头：
固阳县赵长城、秦长城与达茂旗北魏长城

披着晨光，沐浴早霞。

从包头市出发，向着固阳方向北行……

这次去固阳县的目的很明确，因为长城国家文化公园（内蒙古段）建设保护重点包含“包头市固阳县秦长城”。

汽车飞奔……

10 分钟车程，在包头至石拐公路 10 公里处，眼前出现了长城遗址，原来这就是赵长城。

陪我踏访的丁先生指着长城遗址介绍：“赵长城是我国现存最古老的长城，已有 2000 多年的历史，这一段赵长城是保存比较好的一段。”

在赵长城旁，我们详细查看了城墙的结构，风化侵袭的残垣断面。

接着，我们继续上路，向着固阳方向前进。

行车一个小时，我们来到固阳县大庙村。在村野中，我们看到了一段墙体，这也是赵长城。我们围着墙体向外观看，这处 2000 多年前的建筑遗迹，实在太珍贵了。

丁先生用手轻轻摸着城墙说：“赵长城横亘于包头市辖区的中部，位于固阳县境内大庙村这一段，在赵武灵王二十至二十六年（前 306—

前 300）修筑。它迤逦于阴山南麓的群峰丘陵之中，山南是狭长的土默川平原。”

看了这段赵长城，我感叹不已！把这一古长城保存到现在，不易啊！

固阳县现存多段古长城。我们又马不停蹄赶到固阳县西斗铺镇，眼前又出现一条古长城展现在眼中，这是秦长城。

陪同的丁先生介绍说：“固阳的秦长城同样古老，距今已有 2200 多年历史，分布在县境内的三个乡镇，自西向东走向，全长 120 公里。秦长城由石块垒筑，每隔数里设烽火台。”

丁先生很健谈，他站在秦长城边，讲了秦长城的历史。他说，那是公元前 221 年，秦始皇统一六国。7 年后派大将军蒙恬率 30 万大军将匈奴逐至阴山以北，不但夺取河南地（今鄂尔多斯高原西北），并渡河占据北假地，北假即今之狼山、色尔腾山和明安川一带，跨越了原来的北部防线赵长城。公元前 214 年，秦始皇为阻止北方匈奴南下，派大将军蒙恬在此另修建一道长城，作为第一道防线，这便是固阳县色尔腾山上秦长城的由来。

据资料显示，秦长城东起辽宁省东部，西至陇西郡临洮（今甘肃省岷县境），全长 10000 多里。此后才有了“万里长城”的称谓。

我们来到了九分子乡，这是固阳县境内保存最为完好的一段秦长城，长 12 公里。

离开固阳，我们启程去达茂旗，那里也有一段长城，为北魏长城。

我们行进在草原上，每到一处，每进一幢帐房，都受到热情的接待。

当汽车穿过巴音花镇，很快到了达茂旗的百灵庙镇。

达茂旗全称为“达尔罕茂明安联合旗”，这是包头市唯一的边境旗。

站在旗政府所在地百灵庙镇，眼前是一排现代化建筑：街心雕像，特色鲜明……陪我采访的达茂旗鲁建军先生介绍说：“达尔罕”意为“神圣不可侵犯”，“茂明安”意为“千户部落”。

这时，鲁先生指着前面女儿山上的百灵庙抗日武装暴动纪念碑说，抗日战争中，达茂旗人表现得非常勇敢。

行走在达尔罕茂明安联合旗，得知这里有很多名胜古迹，如希拉穆仁草原、敖伦苏木古城遗址、乌兰察布岩画、康熙营盘、汉长城、北魏长城、金界壕遗址等历史遗迹。

我们专程来到北魏长城遗址。

北魏长城遗址在希拉穆仁镇西北 4000 米处，遗迹清晰。鲁先生说："北魏长城总长 1000 多公里，是北魏时期明元帝泰常八年（423 年）修筑的，后人也称其泰常八年长城。这条长城是北魏王朝为了防御柔然和契丹而修筑的，主要分布于内蒙古中西部。它西起包头市固阳县，东至河北省赤城县，具体走向是从张家口赤城县到张北县，进入乌兰察布市化德县，经商都县、察右后旗、察右中旗、四子王旗进入达茂旗延伸

到武川县，最后终止于固阳。”

继续北行 124 公里，到达满都拉镇。这是一个很小很小的边境小镇，在此简单游览了一下，继续北上。大约又行进 20 公里，到达满都拉口岸。这是一座很漂亮的口岸，建筑庄重、大方。满都拉口岸是国家二类口岸，是呼和浩特、包头二市到乌兰巴托最近的口岸，其对应的是蒙古国东戈壁省杭吉口岸。

从口岸北行，我又到达中蒙边境的 757 界碑处。界碑肃立，守护的战士迎着飞沙，顶着大风……

巴彦淖尔：乌拉特前旗乌梁素海·乌拉特中旗湿根峡谷·乌拉特后旗高阙塞

乌拉特前旗乌梁素海

车轮穿行在茫茫无边的草地……

当行至乌拉特前旗境内东北部的小佘太镇，在乌拉特前旗与固阳县和乌拉特中旗三县交界地带，我们看到了长城。长城像一条巨龙，蜿蜒起伏，若隐若现。

这就是“藏在深闺人未识”的秦汉长城，它的东端伸进固阳县，与固阳长城相连。

从乌拉特前旗往东北而行，远远就看到阴山山脉青黛色的山影。但路况不好，时而断路，时而无路。

“车到山前必有路”，可来一趟真不容易啊！

在长城前，乌拉特前旗旗政府的郑先生介绍：“这段长城处在整个秦汉长城的东段，东段自内蒙古化德县与商都县之间起，经河北省康保县南、内蒙古太仆寺旗、多伦县南、河北省丰宁县北、围场县北，向东沿英金河北岸横贯赤峰市，抵达奈曼旗土城子镇，再向北延伸20公里，在牤牛河东岸的牤石头沟又继续向东伸展，至库伦旗南部，进入辽宁阜

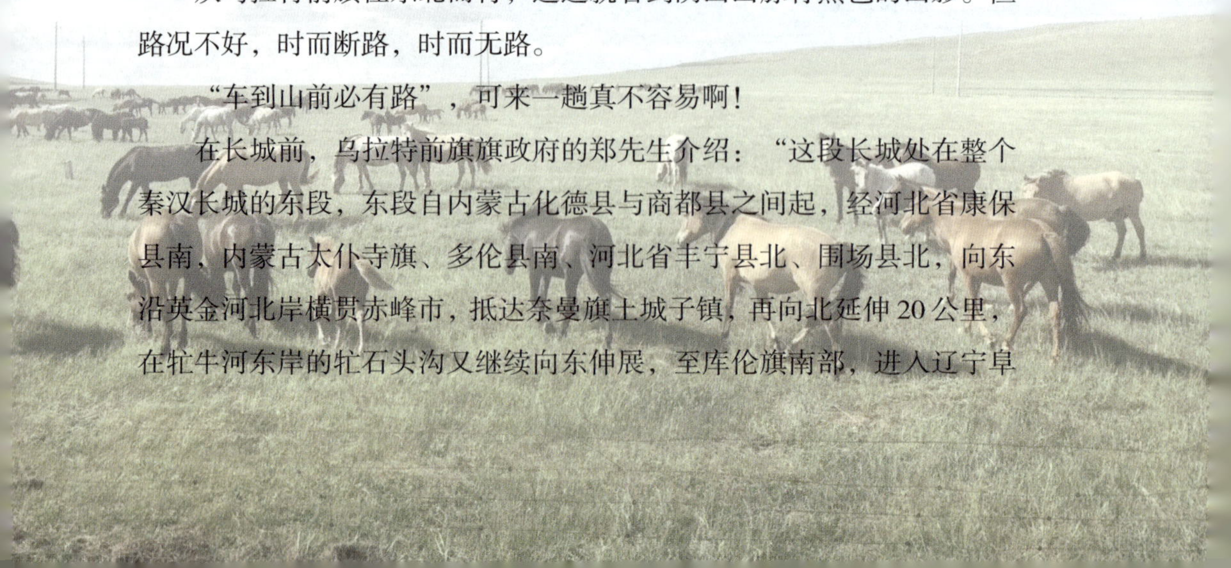

新蒙古族自治县东北。”

离开长城后，我顺路去乌梁素海。

“乌梁素海”蒙古语意为“红柳湖”，处在乌拉特前旗，是全球荒漠半荒漠地区极为少见的大型草原湖泊，是全球干旱草原及荒漠地区极为少见的大型多功能湖泊，也是地球同一纬度最大的湿地。

乌梁素海 2002 年被国际湿地公约组织列入国际重要湿地名录。

乌梁素海，古时是黄河的一部分，当黄河改道后形成了河湖，即黄河形成的湖。乌梁素海的形状似一瓣橘，面积约 300 平方公里。

我乘船在湖中荡漾，穿越茂盛的芦苇，涉过片片蒲草，赶着群群鲫鱼……如诗如画，如梦初醒，简直让人醉倒在湖中……

这时，船家突然抓到一条鱼，这是湖中盛产的大鲤鱼，蜚声内蒙古！

穿行乌梁素海，百鸟啼鸣，叫声婉转，令人赏心悦目！

正兴起时，忽然一架直升机飞过头顶。船家说，这是从呼和浩特飞来的观光机。原来，乌梁素海处在呼和浩特、包头、鄂尔多斯三角地带的边缘。

返航了，让人扫兴的是，水面上漂起很多死鱼。船家说："这是污染造成的。很不幸！"

据船家讲："20 世纪 90 年代后，乌梁素海自然补给水量不断减少，而城市污水和工业废水排放明显增加，导致湖区面积急剧削减，生态功能严重退化，一些湖面已逐渐变为沼泽。"

乌拉特中旗温根峡谷

顺长城西行，我进入乌拉特中旗。

史料记载，乌拉特中旗境内的秦长城最初是赵武灵王于公元前 299 年修建的，从包头固阳县—乌拉特前旗小佘太—查斯太山西乌不浪口入乌拉特中旗。秦长城过境长度有 100 多公里，建于阴山北坡，山南为赵国属地，山北为匈奴属地。

公元前 221 年，秦始皇为防御北方的匈奴，于公元前 214 年派将军蒙恬重修长城。它东起乌拉特前旗小佘太东界与包头固阳县交会，沿山西行经乌拉特中旗、磴口县西南进入贺兰山。

我们在乌拉特中旗距海流图镇约 30 公里处，看到用砖石砌的长约 15 公里的秦汉长城遗址，感觉很兴奋。

乌拉特中旗，不仅有长城，还有阴山岩画。阴山岩画，是世界上最早、最大的岩画群之一，乌拉特中旗分布最多。

我在海流图镇休息片刻。海流图镇也是一个非常漂亮的镇子，街道横平竖直，建筑一字排开。

乌拉特中旗又称"乌中旗"，是一个边境旗。据工作人员介绍，乌

拉特中旗境内旅游资源丰富，除阴山岩画、赵长城、秦长城外，还有千年古榆沟、爬柏沟、恐龙化石群等遗址遗迹。特别是阴山峡谷，很值得一去。在旗政府工作人员带领下，我有幸走进温根峡谷。

站在温根峡谷中，感觉很凉爽。这里一年四季泉水不断，峡谷中山奇、石怪、林美、泉清、水秀，每块奇异的怪石巨石，都静静地躺在泉水边，讲述着它们动人的故事和传说。

温根峡谷位于乌拉特中旗温更镇希日朝鲁嘎查南部，东至乌不浪口，西接水晶图乌素珠，北距温根塔拉草原旅游区 10 公里，全长 30 公里。

独特的地形地貌，秀美的山崖森林，神奇的峡谷清泉，珍稀的野生动物，赋予了温根峡谷无限的神秘，吸引着全国众多游客走进这童话般的世界。

离开温根峡谷之后，汽车穿云破雾过草地，到达甘其毛都。

“甘其毛都”蒙古语意为“一棵树”。甘其毛都口岸位于巴音杭盖苏木乡境内，也是巴彦淖尔市对外开放的唯一国际通道。

甘其毛都附近地势开阔。交通运输条件良好，有沙石公路直通口岸，该口岸现已提升为常年开放口岸。

据史料记载，甘其毛都口岸早在清朝顺治年间，就是一条重要的贸易通道。我又一次参观了“国门”。国门高大、伟岸，巍然屹立，令人肃然起敬。

在口岸东边不远处，还有一片由国家划围的蒙古野驴“野生动物自然保护区”。该保护区为口岸增添了生气与活力，成为吸引游人的又一道亮丽的风景。

乌拉特后旗高阙塞

汽车在乌拉特草原狂奔，我要去乌拉特后旗看赵长城。

当行车一个小时后，前边出现石头垒起的长墙。显然，这就是赵长城。

陪同的李向导对我说："赵长城史料记载得很清楚，赵国的长城东起河北蔚县，西至高阙塞，全长1000多公里。在高阙塞西边几百米的山坡上有一座烽火台，经考证，它就是赵长城最西端的烽火台，也是赵长城的终点，这里曾是赵国的边境。"

眼前，赵长城最西端的烽火台已经被风化，长城已不复存在，留下的只是地基及轮廓。向北眺望，达巴图沟口一览无余。昔日游牧民族从这里入塞，秦汉的金戈铁马也是从这里出征北上。

从长城遗址下来，来到了高阙塞。向导介绍说："高阙塞，处在乌拉山与狼山之间，在呼和温都尔镇（青山镇）西部达巴图音苏木，夹在东侧的达巴图沟和西侧的查干沟的台地的断崖上。"

《史记·匈奴列传》和《赵世家》上记载："赵国在赵武灵王二十

年打败了林胡、楼烦，二十六年开发了燕、代、云中、九原这些地方。并修筑长城，东起于代（今河北张家口境内），经云中、九原（今内蒙古包头市境内），西北折入阴山，至高阙为塞。”

在现场看到，高阙塞现存的古城由南北两个相连的小城组成，城墙用鹅卵石垒砌。这里出土了汉代的铁釜、铁甲片和箭头等遗物。整个城址位于两个山沟的交会之处，控制着北方草原通向河套的交通咽喉，真是一夫当关，万夫莫开。

在山沟两侧，各有一座山峰高耸，形似双阙，“高阙塞”应该因此得名。

高阙塞，一个遥远、偏僻之地，我在此处的确能感到：诗在远方……

阿拉善：
额济纳大漠中的居延汉长城

汽车在天和地之间慢慢地移动，在阿拉善盟地域大漠前行，向着额济纳旗……

阿拉善盟境内的长城遗址有烽燧 520 座、敌台 25 座、城障 49 座。长城国家文化公园（内蒙古段）建设保护重点有额济纳旗的居延汉长城、居延遗址等。

旗政府的陪同人员介绍："长城是中华民族的代表性符号，也是中华文明的重要象征。阿拉善盟具有独特的长城文化资源，阿拉善左旗、阿拉善右旗、额济纳旗均有长城遗址分布。境内现存汉代、西夏、明代三个时期各类长城遗址 610 处，其中居延汉长城遗址位于额济纳旗境内。"

在额济纳旗，我首先参观居延汉长城。额济纳旗旗前委书记巴图朝鲁对居延汉长城了解甚透，曾著书立说，对居延汉长城介绍得很透彻。

他在书中记述：居延汉长城是汉武帝太初三年（前 102 年），在额济纳旗居延地区修筑的，西南到河西走廊北山，西接敦煌的汉长城。东北入今蒙古国腹地，东连光禄汉长城。

随着岁月的流逝和自然的损坏，居延汉长城已部分消失。现存的遗址主要有 4 段，总计 150 公里。

居延汉长城的结构、宽度，因地制宜，有的地方是两面取土夯筑而建，有的地方是用砺石掺杂树枝、芦苇堆砌而建。墙基宽多为 3 米，残墙高在 0.10 米至 2.3 米之间。在居延汉长城的西南段，有双重墙体遗迹。

居延汉长城依弱水河，由西南向东北穿戈壁、越沙漠，断断续续蜿蜒而去。在城墙内侧，每隔一段建有一个烽燧。

漫步居延汉长城，那一道道逶迤不绝的边墙，那一排排高高耸立的烽燧，依旧神韵不减，雄风犹存。它像一柄利剑直插大漠，阻止了入侵的铁骑。它又如一架瀚海中坚实的桥梁，把中华民族与世界各民族的友好往来，紧紧地联系在一起。

居延地区是汉朝最为重要的边疆辖区，汉长城起到了阻拦外来侵略的作用。许多的重要人物都曾出入于此，也因此而得名。还值得一提的是张骞几次出使西域，出阳关，入居延，成就了草原丝绸之路。

我又一次去了黑水城。黑水城宗教建筑特色突显，历史上曾建造过许多宗教寺院，其中以佛教建筑最多。在西北角的城墙上，至今还耸立着宝瓶似的佛塔，最高的一座达 13 米。佛塔是用土坯垒成，虽经数百

年的风沙侵袭，依然耸立云端，成为黑水城独具魅力的标志。元朝时期的黑水城，人口较多，城市繁华，而且还是当时“北走岭北、西抵新疆、南通河西、东往银川”的交通要冲和元朝西部地区的军事、政治、文化中心。

14 世纪中叶，这里的情况发生了巨大的变化。昔日的绿洲，被沙漠吞噬，变成了一片荒漠。昔日昌盛的黑水城也变成了一座废城。城内，荒凉满目，遍布官邸、寺庙和民居的颓垣断壁，到处都散落着各种瓷器和碎片。城外还有几座残缺不全的喇嘛塔，肃然而立。尤其是在古城遗址的西北角上西藏覆钵式佛塔，显得古朴、圆融、安详，成为黑水城的符号。

黑水城历史遗迹更显额济纳的沧桑。“居延塞古城黑城遗址”和“居延汉长城”都被列为长城国家文化公园建设保护重要点段。

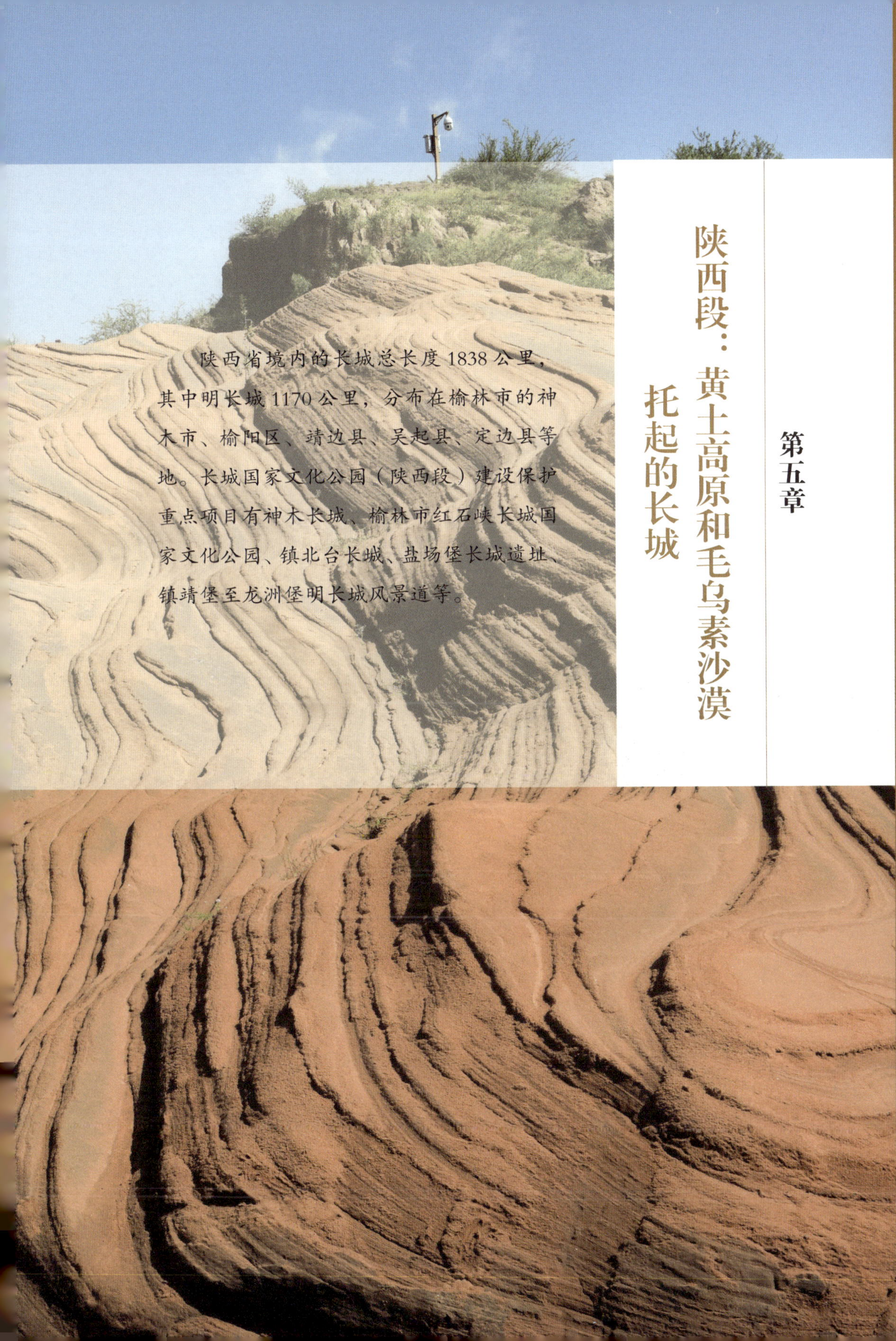

第五章

陕西段：黄土高原和毛乌素沙漠托起的长城

陕西省境内的长城总长度1838公里，其中明长城1170公里，分布在榆林市的神木市、榆阳区、靖边县、吴起县、定边县等地。长城国家文化公园（陕西段）建设保护重点项目有神木长城、榆林市红石峡长城国家文化公园、镇北台长城、盐场堡长城遗址、镇靖堡至龙洲堡明长城风景道等。

萬里長城第一臺

神木：
石峁遗址・高家堡・二郎山

告别茫茫腾格里沙漠，转战黄土高原……

为什么陕西段长城行第一站为神木？因为长城国家文化公园（陕西段）建设保护的重点项目之一是“神木长城国家文化公园高家堡核心展示区”。

陕西省文化遗产研究院院长王伟一行 6 人曾赴神木开展长城国家文化公园建设现场调研，实地考察了高家堡镇境内的卧虎寨段、大柏油堡段、柏林堡段长城遗存。

陕西省境内的长城主要分布在北部。长城从最东面的府谷县起一直延伸到西部的定边县，经过 7 县市区，有大边长城和二边长城，其中大边长城长 600 公里，二边长城近 619 公里。

在神木市，长城东北、西南向几乎贯穿神木，辖区内长城遗址总长度 302 公里。而黄河流经 99 公里，两者相向而行，在其他地方不多见。

这天带领我踏访的是司机兼向导李先印，目的地是石峁遗址和高家堡，顺路探寻途中所见长城。

汽车在县道上行驶……

窗外，时而绿树成荫，时而戈壁沙滩，还有毛乌素沙漠。

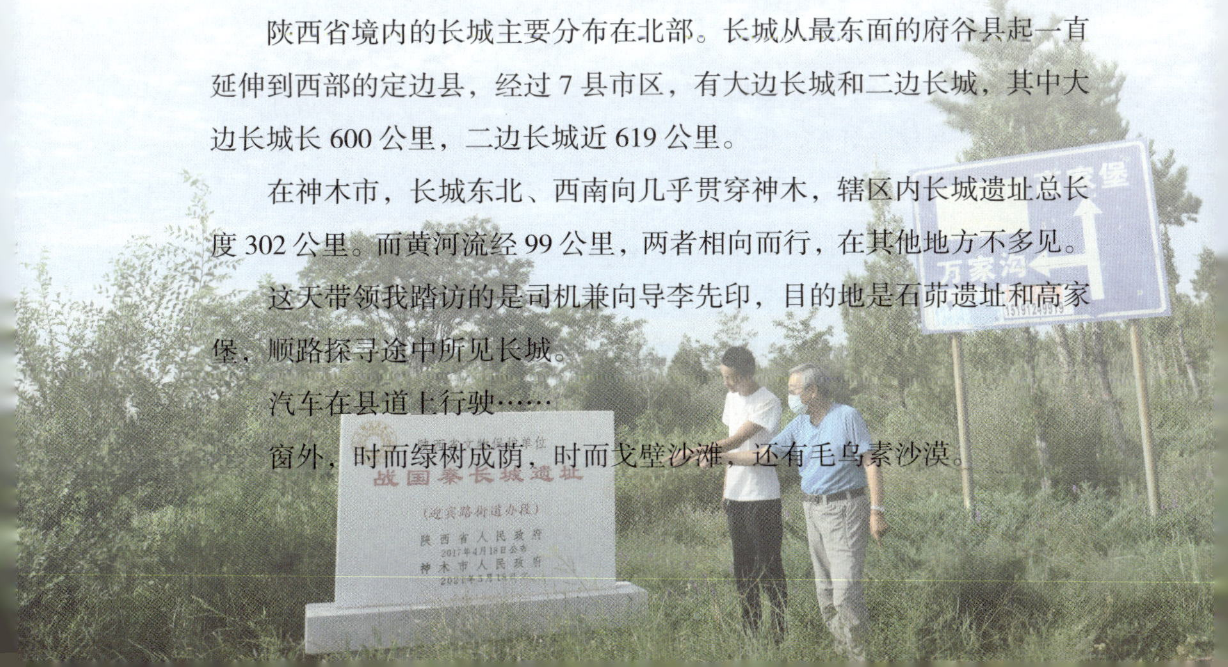

车内，正在播放《黄土高坡》……

汽车继续穿行在黄土高原，小李介绍说，在过去，这里是一座座光秃秃的山梁，荒无人烟；一条条干巴巴的河床，滴水不见；一道道白花花的山沟，寸草不生。现在变了，成为金山银山。

黄土高坡，千沟万壑，在烈日下似是被烤干烧焦。黄土高原，稀稀拉拉的农家土房、窑洞散落在大地上。

伴着《黄土高坡》的歌声，望着眼前一些荒芜、干涸的地块，真正感受到治理荒山、荒漠的紧迫性和责任感！

黄土高原涉及陕西、甘肃、宁夏等省区。从神木黄土坡到定西沟壕，从延水到渭河两旁，居住在黄土坡上的人们在这里繁衍生息，世世代代饱经风沙的袭击。

这里的自然环境十分恶劣，生活条件十分艰苦。这些年来，党和国家扶贫政策走进千家万户，当地已经摘掉了贫困帽子，现在正在搞乡村振兴。

途中，我去了长城脚下一个山沟，与一位戴白毛巾的农民交谈，他说："现在生活很不错。"

我问："几口人呢？"

答："6 口人。"

我问："什么时候脱贫的？"

答："早就脱贫了，现在搞乡村振兴，我在荒地植树，增加些收入吧！"

这里的农民过去恨自己生在黄土高坡，现在又热恋着黄土高坡，他们最大的心愿和期盼是改变黄土高坡的生态环境。

然而，栽活一棵树十分困难。这位老农民讲述了这样一个事例："这里的植被比较少，全是裸露的黄土，典型的黄土高原地貌。因为太干了，种树种草有一个方法，把树籽包到泥里边，然后'拍'到这个土坡上，

这样树能活就活，活不了就算了。当年电视上有一个节目让大家猜这是真是假，其实这就是真的。”

接着，老农在明长城遗址前讲述长城保护状况。

汽车沿着左边的长城前行，路边不断出现写有“明长城”字样的石碑。我们一边行车，一边给长城及烽火台拍照。

车行两个多小时，我们到达石峁遗址。

这个石峁很有名，为全国重点文物保护单位，处在高家堡不远处，在黄土高原北部的黄河西岸，毛乌素沙漠南缘，坐落在黄河一级支流秃尾河北岸的梁峁上。距今 4300 年至 3800 年前的石峁遗址，是龙山文化晚期至夏代早期我国北方地区的一处都城遗址。

石峁遗址，由皇城台、内城、外城组成，这是中国已发现的新石器时代规模最大的石筑城，可与美洲玛雅古城、欧洲雅典古城相媲美，是长城文化、黄河文明重要的历史文化遗存，亦是中华文明探源工程的一个重要突破点。

在现场，讲解员介绍："仅初步发掘的东门遗址，就将中国建城史向前推进2000年，2020年外城东门景观入选'国家名片'首组《亚洲文明》特种邮票。"

听介绍，得知石峁遗址已被考古界定位为"中国文明的前夜""华夏第一城"，荣获"2012年度全国十大考古新发现"，并入选"（2011–2020）世界十大考古发现"。

但是，遗址流失到海内外的石峁玉器不少，多达4000余件。正因为这里"出产"了大量玉器，石峁遗址早已名声在外。其中石峁神面石柱浮雕技法独特，属于双神崇拜的一种艺术造型，它以大体量的造型给人以极大的视觉冲击。

时下，石峁遗址正在挖掘中，现场还没有对外开放。

离开石峁遗址现场，我沿长城到了高家堡古城。

高家堡遗址位于神木市城西南50公里的秃尾河东岸，就在明长城脚下。

进城后，我首先登上高家堡的中兴楼。城门上保存着"中兴楼"三个大字。中兴楼作为城门，为城内最高建筑，建于明代。中兴楼由台体基础与上部建筑两部分组成，台上为两层楼阁式砖木结构建筑。高家堡古城隋唐属丰州地，城池始建于明正统四年（1439年）。

爬到中兴楼顶，俯瞰古街，其乐无穷。看吧，中兴城内街道以中兴楼为轴心向东西辐射，居民建筑群为典型的北方建筑风格，四合院、前庭大院、楼院等星罗棋布。

再瞧高家堡顶楼北壁砖雕，"玉皇阁"三个字，笔力遒劲。

据资料记载："高家堡为长城要塞，驻守兵力1600余人。民国期间，国民党以整团军队盘踞，拥兵将佐有陕北保安副司令、榆林城防副司令等。1947年，解放军许光达部挥师围城，鏖战三天两夜，得以解放。"

高家堡是榆林市乃至整个陕北较为完整的一座古城。电视剧《平凡

20年专注食品生产 坚守卓越品质

的世界》等一批优秀影视剧在此拍摄。

从高家堡古城出来，转道来到了二郎山，体味它的雄秀。二郎山，又称“笔架山”。

从远处眺望，二郎山山势蜿蜒跌宕，巍峨险峻。从山上俯瞰下面窟野河、秃尾河汇流于眼前，长城蜿蜒而去。

傍晚，来到神木市区，城区处在窟野河边，长城脚下。

为什么叫神木？《神木县志》记载：“县东北杨家城，即古麟州城，相传城外东南约四十步，有松树三株，大可两三人合抱，为唐代之物，人称神木。”

神木的夜很静……

入睡前，我思考一天的行程，感受很深：回头看神木，确实是一个神奇、神秘之地！

榆林：
“万里长城第一台”镇北台

出神木沿长城西行，汽车在黄土高原行驶……

一个多小时车程后来到榆林市。到达后，没有休息，立即去往镇北台。

为什么急于去镇北台？因为，长城国家文化公园（陕西段）建设保护国家重点项目包括榆林市红石峡长城国家文化、镇北台长城，为此镇北台、红石峡两者是我重点采风的对象。

又行车半个多小时，看到长城，这就是蒙恬当年修筑的长城的遗址。

这段长城保存完整，上面的“镇北台”要塞，始建于1607年，外砌砖石，内筑夯土，高达30米，矗立在沙漠之中。

从牌匾文字看，这就是真真切切的著名的明长城榆林镇重要关隘——镇北台！它是万里长城上规模最为宏大、气势最为磅礴的建筑之一，素有“万里长城第一台”之称。

爬镇北台要经过“不到长城非好汉”石碑。

拾级而上，登上镇北台顶端的哨楼遗址。哨楼面阔三间，更显得镇北台雄浑古朴，威严壮观。

居高临下，向四周眺望，北瞰河套，南蔽三秦，锁长城要津，控南北咽喉。台体粗犷大气，古朴庄重，虽经数百年风霜雨雪，仍完整地屹

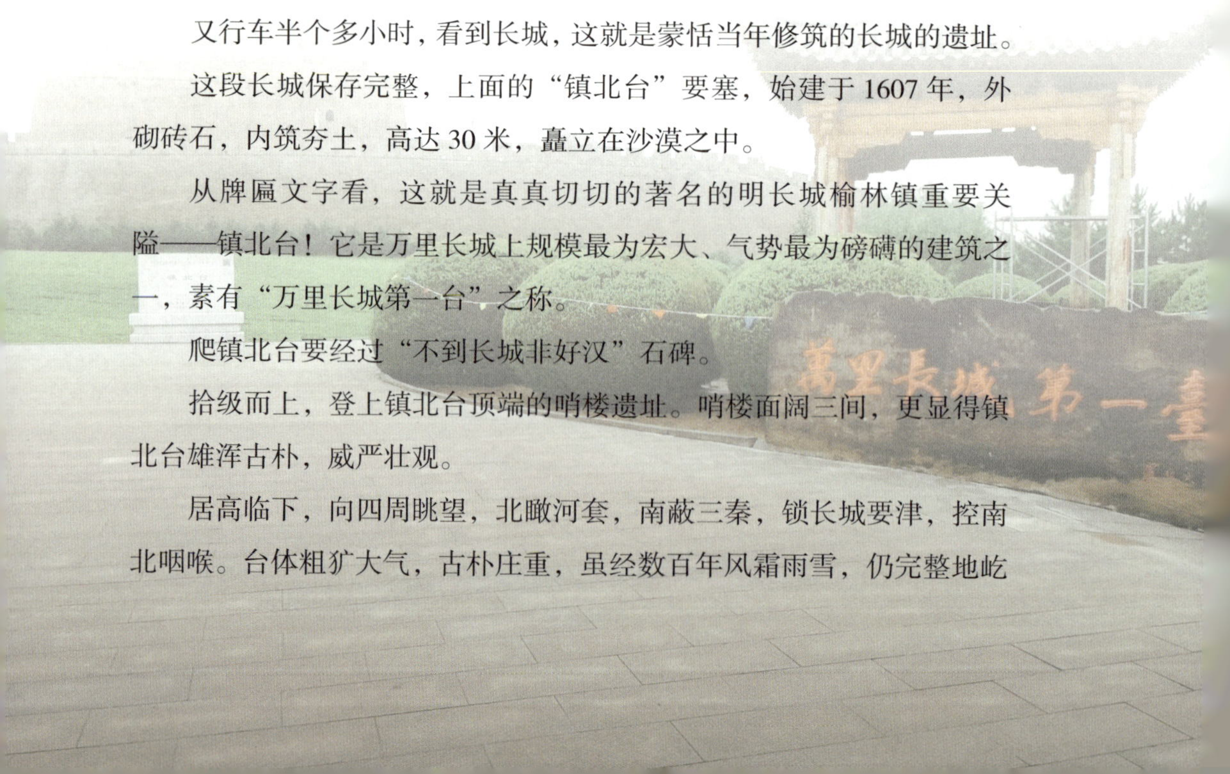

立于红山之巅，以其雄浑奇特的造型、苍凉凝重的风貌向世人昭示着无穷魅力。

站在镇北台顶，感叹“万里长城今犹在，不见当年秦始皇”！感受“诗在远方”！

再看城墙外侧，一片沙丘，茫茫的毛乌素沙漠，让人感觉到非常渺小。

“毛乌素”在蒙古语里是“坏水”的意思，其沙漠面积南北宽 100 公里、东西长 400 公里。

镇北台长城采风结束后，马不停蹄，紧接着又徒步来到红石峡。

红石峡峡谷两边的崖壁都是红石头，崖壁之间是一条小河。

在峡谷中，有庙宇、石洞和石刻。密布崖壁的石洞里，雕刻着佛像和神仙像，还有石刻，这些历史遗迹可追溯到 1000 年前。

看了红石峡，别有一番感想：这就是我们长城带上的历史遗产，绝

不能破坏！让它世世代代保存下去，这是国家的文化珍宝。

下午晚些时候，返回榆林市参观。

榆林的夜静悄悄，但总能不间断地听到窗外阵阵的风沙声。榆林市广播电视台的朋友接待了我，并共进晚餐。

交流中听了关于榆林的情况介绍。榆林处在黄土高原和毛乌素沙漠交界处，是黄土高原与内蒙古高原的过渡区。自然资源和文化资源丰富，被誉为“塞上明珠”。

榆林建置始于春秋战国，兴于明清，明朝九边重镇延绥镇又称榆林镇。康熙皇帝赐“两守孤城，千秋忠勇”刻碑，有“南塔北台中古城，六楼骑街天下名”的美誉，是国家历史文化名城。

榆林不仅有镇北台、榆林古城、红石峡，还有统万城遗址、红碱淖、沙漠公园、白云山、青云寺、悬空寺等著名景点。

第二天，我驱车到郊外体会沙漠风情。“听风看沙赏大漠”，真正感受到了风沙的强劲：看吧！那风的吼叫响彻天空，那沙的飞扬铺天盖地，这就是闻名于世的毛乌素沙漠的真实写照！

榆林东靠黄河，南邻延安市，西北接壤内蒙古自治区。

走在大漠沙地，迎着风沙，踩着沙浪，听着沙的故事。

站在毛乌素沙地，望着那无际沙丘上的草木，十分壮观。这里每年因治沙用去的草绳达 1 亿多公斤。试想，我们的百姓，为了堵截风沙，为了遏制沙尘暴，为了给人民创造一个良好的生态环境，他们将付出多少努力啊？

在沙地上，我走进一户大漠人家，受到热情接待。主人讲了很多治沙造林种草的情况。说着说着，村干部来了。这时，村干部讲榆林县已更换过十多位县委书记和县长，而他们一茬接一茬、一任接一任，治沙造林的接力棒可以说从没有间断过。而在乡村，这里出现过许多“沙”书记和“包”大人，特别是共产党人，为了治理黄沙流汗、流血，甚至献出生命的代价换来绿色生命！

黄土高原呼唤绿色，生态建设造福国民。当我离开这里时，耳畔又响起那首《大风歌》……

中国有一句话叫“人定胜天”，人的因素第一，精神力量无穷。我想，榆林，明天会更好！

靖边：
镇靖堡遗址

榆林西边即是靖边县。

靖边县长城资源多，长城文化厚重。长城国家文化公园（陕西段）建设保护国家重点项目“龙洲堡至镇靖堡明长城风景道”正在积极推进。

工程项目启动后，陕西省文物局领导来靖边县，就加强长城重要点段保护、加快长城国家文化公园项目建设和清平堡考古挖掘项目进行调研。

去镇靖堡，我们绕行至烟墩山烽火台探访。

今天的向导为韩女士，她对靖边县的地形、历史很了解。

韩女士介绍：“靖边县长城贯穿境内，经过 10 个乡镇，全长 81 公里，有烽火台 70 余座。现存城堡遗址主要有镇靖堡遗址、龙洲堡遗址、黄花城遗址、镇罗堡遗址、宁寨营堡遗址、李家城遗址、西门台城遗址、芦子关遗址和烟墩山烽火台遗址等，307 国道旁的镇靖明长城保存最好。”

从资料看，尤其是长城国家文化公园重点项目“龙洲堡至镇靖堡明长城风景道”，有很多看点，是旅行者打卡的好去处。其中最有名气的

为镇靖堡。

汽车沿明长城并行前进……

途中，我们一路拍长城，拍烽火台，拍长城标志牌。

一个小时车程，镇靖堡到了。

在镇靖堡古城，我们首先参观了县委遗址，然后参观了中山台、北城门，各有特色。

民国初，镇靖堡为县府。1935 年被红军解放，成为靖边县政府所在地。1942 年县政府由镇靖移至现在的张家畔。

镇靖堡又称镇靖古城，最初为唐夏州节度使李佑所建。城边有古长城，城东有芦靖湖，城西有白文焕纪念馆、惠中权旧居。

“龙洲堡至镇靖堡明长城风景道”中的“龙洲堡遗址”很有价值。

龙洲堡就在马路边，石碑上文字显示，龙洲堡汉时即建寨。南北朝时属夏州叫石堡寨。宋代时，范仲淹曾于这里设哨马营。明成化五年巡抚王锐在龙州寨山下涧地筑城堡，隆庆六年加高城垣，万历六年用砖包砌城墙。清乾隆三十四年维修。清同治六年，起义军攻陷城堡后废弃。

“龙洲堡至镇靖堡明长城风景道”沿线的“清平堡遗址”是明延绥地区三十六营堡，始建于明成化年间。三十六营堡中唯有清平堡在康熙年间被废弃后完全被沙土所掩埋，因而保存完整，成为国内罕见保存原貌的明代长城营堡。清平堡遗址其内还能很好地反映出明长城营堡的格局风貌及时代特征，是目前陕北地区营堡遗迹中保存原貌最好、最完整的明代长城城堡。

参观了这些长城遗迹后感叹万分：长城国家文化公园（陕西段）国家重点项目“龙洲堡至镇靖堡明长城风景道”的启动，太有意义了。

吴起：
长城村·长城镇·长城县

曙光初照。

霞光万道。

汽车披着朝霞穿行在黄土高原，向着吴起县飞奔……

沿途尽是明长城遗址。

长城村

天气好，心情好！陪伴踏访的嫣然女士打开车上的音响，播放陕北民歌《山丹丹开花红艳艳》——

一道道（那个）山来（呦）

一道道水

咱们中央红军到陕北……

伴着歌曲，望着窗外，让人浮想联翩……

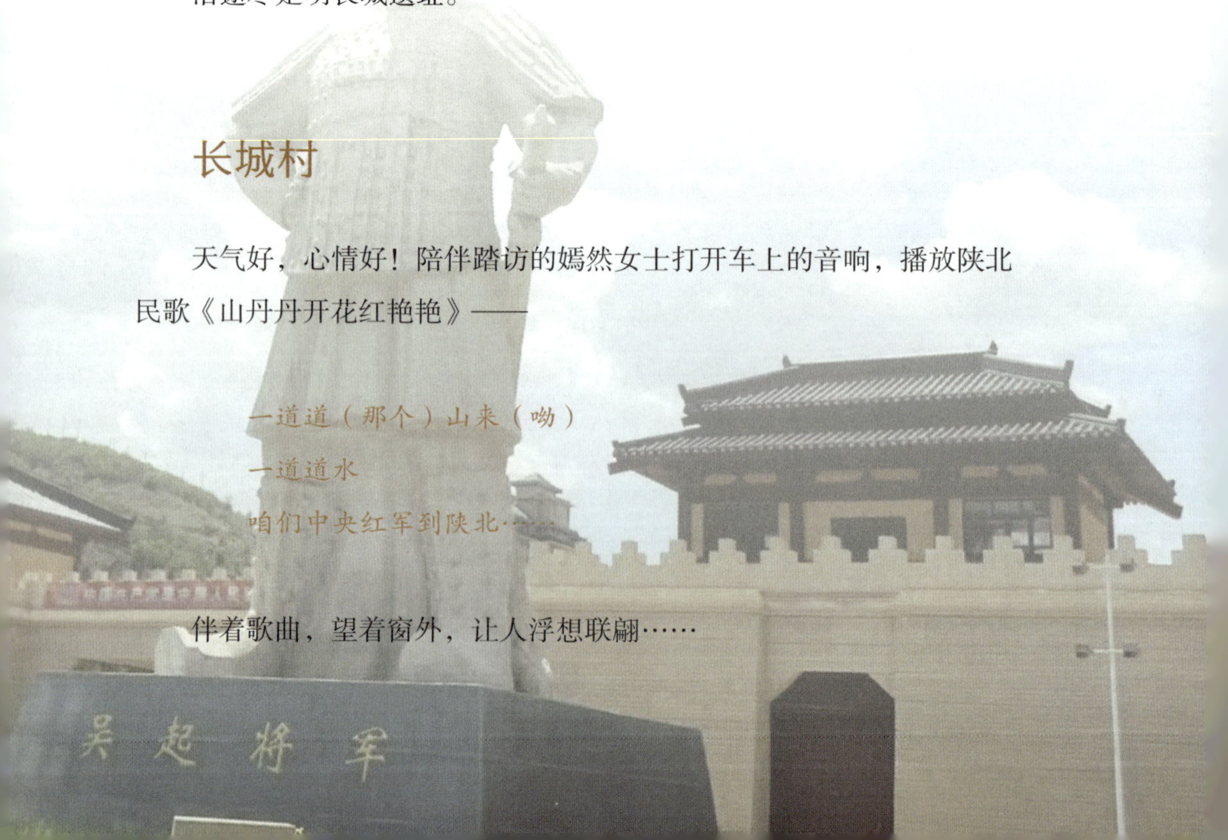

途中，一路行驶，一路停车，拍照路旁的长城。

一个多小时车程后，进入吴起县边界，长城遗址轮廓更加清晰完整，烽火台出现得更加频繁。

伴随着滚滚车轮，突然，眼帘中闯进一座巨型土堆，我马上让司机停车，仔细一看，树丛中显露出一个白色的木牌，上面豁然三个大字：长城村！

长城村！太吸引眼球了！我采访万里长城一路走来，还是第一次发现长城村这个名字。

于是，我急不可耐，下车一看，不仅有“长城村”木牌，旁边还有石碑，上面写着“全国重点文物保护单位——明长城遗址”字样。

当我在石碑旁观察长城遗址时，怎么也看不到长城，这时恰好过来一位当地人，他说：“原来有长城，修公路时把这段长城遗址拆除了。”之后指着西边说，“你看，那是保存下的长城。”

这时，我急切地想了解这段长城的历史，于是我绕到石碑后面，碑文文字写道：“该段长城位于吴起县长城镇，作为明代长城防御体系的重要组成部分，在相当长的一段时间内发挥了有效的防御作用，是研究中国古代政治、经济、军事、文化的重要资料，具有很高的历史价值、艺术价值和科学价值。”

看完石碑文字，一转身，发现东边矗立着一座伟岸的烽火台。

烽火台太壮观了！保护得如此完好！

我走近烽火台，详细观察它的建筑特色，尤其是墙上的门洞。这时，又一位村民围上来，我便主动与之交流。

问：“您是哪里的？”

答：“本地的。”

问：“为什么这里叫长城村？”

答：“村里既有长城，又有烽火台，那当然叫长城村啦！”

问："烽火台上面的门洞是干什么用的？"

答："那是驻兵的地方！"

问："村里的人关注这座烽火台吗？"

答："当然啦！那是国家文物！不能动一砖一石！它还是全村的福气呢！"

正说着，长城镇政府的文书赵海建闻讯赶来，听说我们采访长城，很激动。

他带我们在长城周围转了一圈后，便去镇政府吃午餐，说下午陪我上山顶去看更加宏伟的烽火台。

长城镇

在通往长城镇政府的路上，赵海建对我说："我们这个地方与靖边

县交界，是从靖边县进入吴起县境的第一个乡，不过此地的长城乡刚改为长城镇，是吴起县最北部的一个乡镇。因为万里长城穿过，此地得名长城乡。”

当进入长城镇，带“长城”符号或名称的商铺弄得我眼花缭乱：长城饭店、长城面馆、长城商铺、长城超市、长城油坊、长城烟酒、长城热炒、长城冷面……“长城”二字出镜率太高了！

午饭是在长城镇政府食堂吃的自助餐。

餐中，我与同桌的镇上女干部交谈，她说：“这个乡镇太偏僻，条件也差……”

当我提到长城的话题，她说：“原来长城镇的长城无人问津，自从长城国家文化公园建设启动后，长城镇开始有动作，希望您多报道报道我们长城镇的长城！我们这里的长城资源可丰富啦！”

餐后，赵海建文书专门借来一辆越野车，带我去山顶探视长城烽火台。

头天，刚下过雨，山路也滑。不过，雨过天晴，山道逐渐晒干。

路上，遥看山顶上的蜿蜒长城及烽火台。

赵海建说：“这里山高路险，二万五千里长征，就走到吴起！”

赵海建重复道：“二万五千里长征，吴起是终点，您应该到红军落脚点去体会体会。吴起，是长城文化、长征文化的交融之地，很值得一去。”

这时，我立刻打定主意，下午去吴起县城！

半个多小时车程，我们到达山巅，面对峰顶上的烽火台！

山顶上伟岸的烽火台像英姿飒爽的哨兵！

赵海建指着烽火台说道：“这座烽火台，与长城村的烽火台截然不同，多是用石块垒起来的呀！”

我们围绕烽火台转了一圈，我特意将一块块石墙拍摄下来，作为特写照片向人们展示！

烽火台石墙特写显得古旧而清晰！

赵海建摸着台墙道："坚硬啊！昔日，白天在烽火台上放烟，夜里点火，这烽火台硬邦邦的，很牢固。"

下山了！

赵海建说："今天恰逢县里文旅部门来人，我马上联系。让人带您去县城，看红色文化……"

长城县

汽车，一路朝南，向着吴起县城飞奔……

路上，我们仍沿长城前行，窗外，不断出现长城遗址和烽火台。

下午，我是搭乘县文旅部门王先生的车前行的。王先生指向窗外的长城介绍道："长城，不仅仅长城镇有，其实，吴起县长城资源丰富，是个长城大县！"

他紧接着继续介绍道："吴起县境内长城遗址有两道，县北边为明长城，县南面为战国时期秦长城。"

县志记载，为了防御匈奴，秦昭襄王三十五年（前 272 年）开始修筑了一条长城，这条长城西起今甘肃省岷县，经临洮、通渭诸县，越过六盘山而止于无定河西岸。

秦长城遗址从吴起西边入境蜿蜒于山岭，时而东行，时而东北行。

王先生又补充说："秦长城在吴起县境内有 230 公里，可不是一个小数。明长城（吴起段）修筑于明成化年间，分布在吴起县长城镇、周湾镇，包括大边、二边，呈东西走向。该长城东接靖边县明长城，西接定边县明长城。吴起县境内明长城有单体建筑 50 座，墩台、烽火台 33 座，经2个乡镇，4个行政村。”

乘车一个多小时，来到了吴起县，中央红军长征胜利纪念园。

王先生向我有感而发：“吴起，因作为红军二万五千里长征胜利的落脚点而著称于世，并成为红色文化、红色旅游的打卡之地。”

说到打卡，又引发王先生的话题，他说：“长城国家文化公园和长征国家文化公园一样，是重点工程！我们吴起县，两个都有，两个‘公园’都在启动。您现在采访应该是一举两得啊！”

走在吴起城内的大街上，红色文化的气氛十分浓重，让人领略到长征胜利的风采。

伴着长征组歌，踏着吴起县长征胜利落脚点这片热土，顿感革命气息扑面而来。望着吴起县巍巍高山，听着吴起滔滔河水，一股革命洪流在胸中滚滚而来……

在吴起，参观中央红军长征胜利纪念园、纪念碑、革命旧址，体会到长征是那样悲壮，那样令人震撼，那样可歌可泣……

吴起，历史悠久，处在祖国北部边陲，因战国时期魏国名将吴起曾在此驻兵戍边而得名。

吴起，已不再是过去的旧模样。昔日的荒山满目苍凉，如今变得满眼滴翠。尤其当前长征国家文化公园、长城国家文化公园的建设，预示了吴起县的美好未来！

我在吴起县周边参观，映入眼帘的是丘陵沟壑、窄谷陡岭，以及成片的沙棘林。一簇簇、一丛丛，沙棘深绿色的枝叶，在黄土高原随风摇曳，吴起人践行了“绿水青山就是金山银山”的理念，彰显了吴起人的经济头脑、长远眼光和强烈的发展意识。

入夜，灯火阑珊……

眼望星空，浮想联翩：长征，是中华民族一部惊天动地的英雄史诗；长城，是中华民族不屈的脊梁，是中华民族精神的象征！

定边：
盐场堡·郑大墩遗址·长城古楼

为什么去定边县？因为长城国家文化公园（陕西段）建设保护重点项目包含“定边盐场堡长城遗址公园”。

盐场堡，又一个“堡”字跳入眼帘，为什么黄土高原这么多带“堡”的地名呢？从神木一路走来，什么“高家堡”“镇靖堡”等，现在又是一个“盐场堡”！

我是从吴起县进入定边县的。而迈进定边县的第一站，落脚点不是“堡”，是铁角城村。

而没有意料到铁角城村是“红军长征入陕第一站”。

陪同踏访的李秀红先生介绍：“1935 年 10 月 16 日，由红一方面军改编的中国工农红军陕甘支队，中央红军右路第二、第三纵队，分左、右两路进入定边县。”

我这才知道，定边县因此被称为“红军长征入陕第一站”。3 天后陕甘支队和西北红军在吴起县会师，结束长征。

在陕西省采风，到处都是革命旧址。陕西，不愧是一片革命的热土。

当下，在长城沿线，各地纷纷启动长城国家文化公园的建设工程项目，定边县也不甘落后，已经开工建设。定边盐场堡长城遗址公园，该项目位于盐场堡镇二楼段，是国家发改委确定的国家级长城公园重点项目，由陕西省文化遗产研究院设计，总占地面积946亩，总投资1.12亿元。项目建成后将成为集长城保护、利用于一体的文旅融合示范区，也是陕西省长城文化旅游的重要窗口，更是定边的一张文化名片。

“定边盐场堡长城遗址公园”正式开工建设是个大动作，拟建成陕西省重点长城国家文化公园，将其作为定边全域旅游门户，并与红色革命文化、千年盐湖景区、生态湿地公园结合成一体，形成定边文化旅游高质量发展的重要组合部分。

刚刚启动的“定边盐场堡长城遗址公园”项目包括长城文化主题陈列展馆、游客服务中心、展示廊道、生态湿地等内容，计划2023年建成。

为探访盐场，我们奔向盐场堡。

到了盐场，我震惊了：这么大的盐池啊！一望无际，水连天，天连水，白花花，亮晶晶，一片连着一片……

这就是当年三五九旅打盐之地！

望着盐堆、盐垛、盐山，我马上想到歌曲《南泥湾》中的唱词："三五九旅是模范……"

在抗战时期，八路军三五九旅四支队指战员来到定边盐场与当地盐民共同打盐，开展了轰轰烈烈的打盐大生产运动。

定边盐场曾是陕甘宁边区经济的关键支撑点，为中国革命事业做出了特殊的贡献。

盐池边建有纪念馆，满墙都是红色记忆。我们走进纪念馆观看了照片、实物、录像，很受感染！

盐场内现存印有"陕甘宁边区盐场堡盐场"的秤砣和瓷罐，三五九旅指战员打盐时在长城脚下开挖的住宿土窑洞 175 孔，三五九旅指战员打造的盐田和拦洪大坝。

此地，就在花马池。

花马池处在定边县城西北 13 公里的盐场堡镇。花马池不仅自然景色优美，而且蕴藏着丰富的食盐，为定边“三宝”（皮毛、咸盐、甜甘草）之一。

《定边县志》载，明朝天顺、正德年间，此地以白花花的食盐换取西夏马，所谓“花马池”，也正是因此而得名。

盐场堡镇二楼村旁的长城，因抗战时期三五九旅打盐窑洞旧址而知名，历史文化遗产与红色革命遗址在这里交汇。

在盐场堡长城遗址采风后，让我感叹：没有想到在万里长城沿线，还有盐场长城！世界就是这样，让人想不到的很多很多！

定边县域现存明长城 252.4 公里、339 座单体建筑和 15 座关堡，隋

长城 3.7 公里。明、隋两条长城途经 15 个乡镇及县城，是陕西省全省唯一一个长城穿城而过的县城。

定边明长城修筑历经明代成化九年到万历年间。

陪同采风的李秀红先生是个历史通，他介绍：“清康熙时期《长城图》绘本，现藏梵蒂冈博物馆。此图为康熙平定蒙古噶尔丹之乱时清廷兵部所制。《清世祖实录》记载：‘从三月十日至十六日，康熙与扈从军马从安边堡关门入边（墙）后驻定边城，辛未驻花马池。’”

时过境迁，斗转星移。定边长城或被掩埋，或坍塌，遗存断断续续，走向渐失，有些地方只能登上尚存的墩台才能发现长城的痕迹。

定边长城的遗迹很多，在李秀红先生带领下，我们沿长城一边走，一边停，一边拍照。突然，眼前出现大片荞麦花，明长城郑大墩战斗遗址就在花丛中。

长城保护，势在必行。今天长城国家文化公园建设保护工作的实施，必定带来“爱我长城”的良好风气。在定边，沿长城带有很多可去之处，尤其是定边县城中心的鼓楼，见证了定边的历史。

信步于海拔 1300 米的定边老城区，我特意来到了这座古老的长城鼓楼（玉皇阁）。鼓楼前的石碑上写着“明长城遗址”五个大字，说明它曾是明长城的重要组成部分。

定边，是先有长城，还是先有鼓楼？说法不一，因为迄今对该鼓楼的建筑年代都没有一个准确的定论。

定边，长城遗迹犹在！

定边，革命遗址犹存！

第六章

宁夏段：长城、黄河 两条中国龙起舞华夏古韵

长城国家文化公园（宁夏段）建设保护重点为“一轴、两镇、三单元、四带、六段、十二区、多点”。宁夏依照黄河分东长城、西长城、北长城、南长城（固原秦长城）。黄河以东的东长城为明长城，始于银川市临河镇横城村至盐池县境花马池入陕西；黄河以西的西长城分布在贺兰山南；北长城西起贺兰山北至平罗黄河西岸，遗迹坍塌掩埋几乎消失；南长城固原段为战国秦长城，遗迹尚存。

不到长城非好汉

东长城：横城堡·黄沙古渡·水洞沟·花马池

不停顿、不止步，走进宁夏，沿长城行进……

在宁夏，到文物部门了解了长城国家文化公园（宁夏段）建设保护重点为“多点”空间格局。

首先来到东长城，眼帘中出现一座古堡，保存完好。原来，那是明长城横城堡。走到城墙前，停住脚步。只见城门上“横城堡”三个大字，非常醒目。城门右侧立有一座石碑，上面写着“明长城横城堡”六个大字。

当我走进城门，即进入瓮城，四周城墙很高大。再向里走，展现在眼前的是一座宫殿。

这时，讲解员迎上来为我们做向导。她介绍，横城堡为明代宁夏长城沿线重要的军事城堡，与河东墙等一起构成完整的军事防御体系。横城西濒黄河、北接长城，万里长城蜿蜒而来，黄河、长城交相辉映，为“二龙相汇”之地。

接着她说：“横城始建于明朝正德五年（1510年），由右都御史杨一清奏筑，它既是长城重要的兵屯重镇，又是黄河军事渡口，被誉为‘天下黄河第一城’。据悉，康熙帝在1697年西征民族分裂分子噶尔丹时，到达横城堡，并在横城住宿几日。‘横城古渡’是明清宁夏八景之一。”

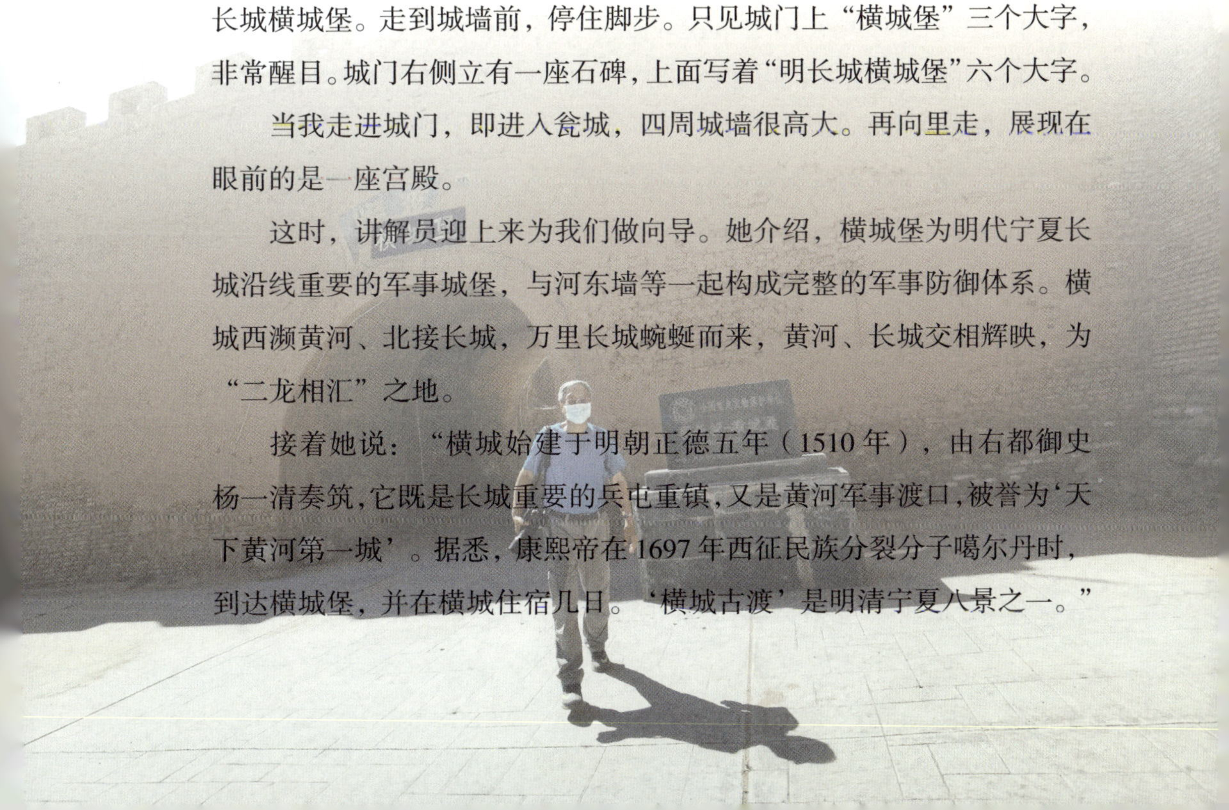

在横城堡不远处，为“黄沙古渡”，此地也与康熙帝有联系。我们来到了这里，面对黄河中的“黄沙古渡”，感触很深。

黄沙古渡，据介绍，康熙微服私访、昭君出塞、蒙恬北击匈奴都从此渡河西进。

康熙曾作《横城堡渡黄河》七绝一首：

> 历尽边山再渡河，
> 沙平岸阔水无波。
> 荡荡南去劳疏筑，
> 惟此分渠利赖多。

横城堡是以黄河文化为主题，长城文化为依托，以厚重的历史文化为积淀，打造长城与黄河品牌，并正在推动黄河国家文化公园、长城国家文化公园建设。

又上路了！几经跋涉，来到了东长城北部的水洞沟明长城灵武段。

水洞沟明长城灵武段是长城国家文化公园（宁夏段）重点中的重点。

早就听说水洞沟这个地方，在此登长城可“一脚跨两省”。

来到东长城北端，一定要实现这个愿望。

水洞沟长城观景台是一处不可多得的绝佳之地，当登上了“一脚跨两省”的水洞沟明长城之巅，太让人兴奋了！

北边茫茫的毛乌素沙漠，沙风飕飕，一派大漠风光！

南方薄薄水汽升腾的水洞沟湿地，潮雾蒙蒙，一派江南景象！

西侧轻轻飘动的芦花谷，香气四溢，芦苇荡漾，让人如痴如醉，心

驰神往……

这时，面对长城，向导指着前面的城墙对我说，这段明长城分布着敌台508座，是内蒙古与宁夏的分界线。

东长城修筑于明成化十年（1474年），为南北走向。向导接着对我介绍，在最近对明长城的调查中，在水洞沟景区红山堡敖银公路长城缺口以西1300米处的长城外侧，发现了大量排列规整有序的品字形坑，是长城遗迹。长城外侧的大部分地段，由于当初修筑长城大量取土时，就有意挖堑为障了。品字形坑南北共有三排，其前排和后排相互对直，中间一排与前后排相互错位后便形成品字形。

出水洞沟明长城灵武段，沿东长城继续南下。

一个多小时车程过去，盐池县到了！

站在盐池县长城之上，一脚踏两省区，其感触是无法形容的：一脚踩的是陕西，一脚踏的是宁夏，两眼一色，这时的心情怎么会平静呢？

进入盐池县，那一个个盐池，一池池盐花，让我赏尽了盐的世界，盐的海洋……

宁夏的东长城，是长城国家文化公园(宁夏段)建设保护重点的“四带”之中的“东长城带”，将打造“横城至花马池长城文化廊道”。采风花马池这一段总长 180 公里，是我的重点。花马池，是盐池县政府所在地。

通过了解得知，盐池这个地方与邻县定边的一些地方一样，盛产盐，甚至产量、规模比定边还大，为什么县名“盐池”挂盐？为什么县府驻地为花马池镇？这都与盐有关联。为什么古长城能够修到这个地方？这也与盐有很重要的关联。盐池县地域有多条长城连接，当地人称长城为“二道边”！多么响亮的名字啊！我以为这里有两条长城，其实，何止两条呢？

北长城：北武当·玉皇阁

在宁夏采风，第二站去北长城。

一个半小时车程，直抵石嘴山市。

陪同踏访的田涛先生是一个本地通，尤其是对宁夏地区的长城分布情况了如指掌。

到达石嘴山之后，田涛先生抄近路带我来到北长城遗址。当下车后才知道，北长城遗址就在公路边一侧。在现场，我看到一条由泥土筑起的土长城耸立在一个工厂院落外边，长城遗址一直延伸到很远很远的地带。不过，长城伸向远处的部分墙体变矮，而且风化侵蚀严重，甚至有些地段已经看不出长城的痕迹。

在长城前，立有一石碑，上面写着“旧北长城”。

当我入神地查看石碑上的文字说明时，旁边来了一位老者，并主动介绍这条长城的情况，他说：“旧北长城又称红果子长城，是明代早期宁夏北长城的重要组成部分，修筑于 1485 年之前。这条长城西起贺兰山扁沟，越包兰铁路、石大公路抵黄河西岸，全长 18.72 公里，可见墙体 5.85 公里，多为黄土（内有些许多石子）夯筑而成。”

之后我询问老者长城的保护，他说：“近期总有人到这里查看、测量，还在长城两边埋上石柱，石柱上写上长城两字。”

离开北长城，田涛带我去长城带欣赏自然风光和人文景观。

在北长城带，爬上了武当庙赏景。

武当庙又称北武当、寿福寺，是西北地区重要的寺庙之一，是一座

名扬宁夏全境的古寺。

进门后，那大殿、飞檐、香火，给人一种老旧之感。整座庙宇依山而建，主要建筑有山门楼、灵光殿、观音楼、无量殿、多宝塔、大佛殿。

在《武当山石碑》前，看碑文记载：“邑有武当者，连亘贺兰山，因祝元武之像而名之也。香火之盛，历年久已，至乾隆四十年，山口石壁，忽现佛像三尊。”

休息之余，一位工作人员介绍为什么在此建庙的故事，他说：“很早以前，人们在山洞中发现一尊佛像，大家就把它背回来，越背越重，行至黑塔墩就背不动了。当时，有位善行居士提议，在此处修建一座寺庙，安置无量寿佛像。”

在北武当，我也爬至山巅。居高临下，北长城依稀可见……

在长城风景带，我还去探索了玉皇阁。玉皇阁，是宁夏回族自治区规模最宏伟的古建筑群体，是西北地区最大的道教寺庙之一。

在玉皇阁，我穿行于城隍殿、观音殿、娘娘殿、三清殿、三母殿，其中对玉皇殿、洞宾殿、文昌阁、无量殿感受最深。

登上玉皇阁，北看巍巍长城逶迤，东看滚滚黄河水流，西观巍巍贺兰山脉，眼下是湖光山色的玉皇阁人工湖，大有开怀之感！

特别是遥望长城时，“弘扬长城精神，传承爱国情怀”的豪迈从心底油然而生……

西长城：
从三关口到北岔口、沙坡头

驱车出银川市西行 40 公里，眼帘中出现贺兰山，当行至宁夏与内蒙古交界处，看到了明长城三关口。三关口长城最明显的标识是公路边的一个高大的枣红色的木牌和一块灰色的巨石。巨石上写有“爱我中华，护我长城”，木牌上写有长城简介和长城保护文字说明。

这里属宁夏的西长城，西长城自三关口至沙坡头，断断续续，与黄河并列南去。

西长城三关口被列入长城国家文化公园（宁夏段）重要点段名单。

站在三关口，有一个石柱立在山坡上，石柱的一面写有“宁夏”两字，另一面显示内蒙古。在石柱边，一脚踏两地，对面是阿拉善左旗，银川至巴彦浩特公路从这里穿关而过。

立在关口处，可看到残断长城遗址。三关即从上到下，设头道关、二道关和三道关，后人称之为三道关，又称三关口。

在三关口，只见眼前山脉蜿蜒曲折，地形雄奇险峻。关口就在两山夹峙的山坳中，异常险要。

陪同的田涛介绍说：“明朝蒙古鞑靼和瓦剌等部经常从内蒙古阿拉善台地进入贺兰山赤木口（今三关口），直驱平原各地。明统治者为了

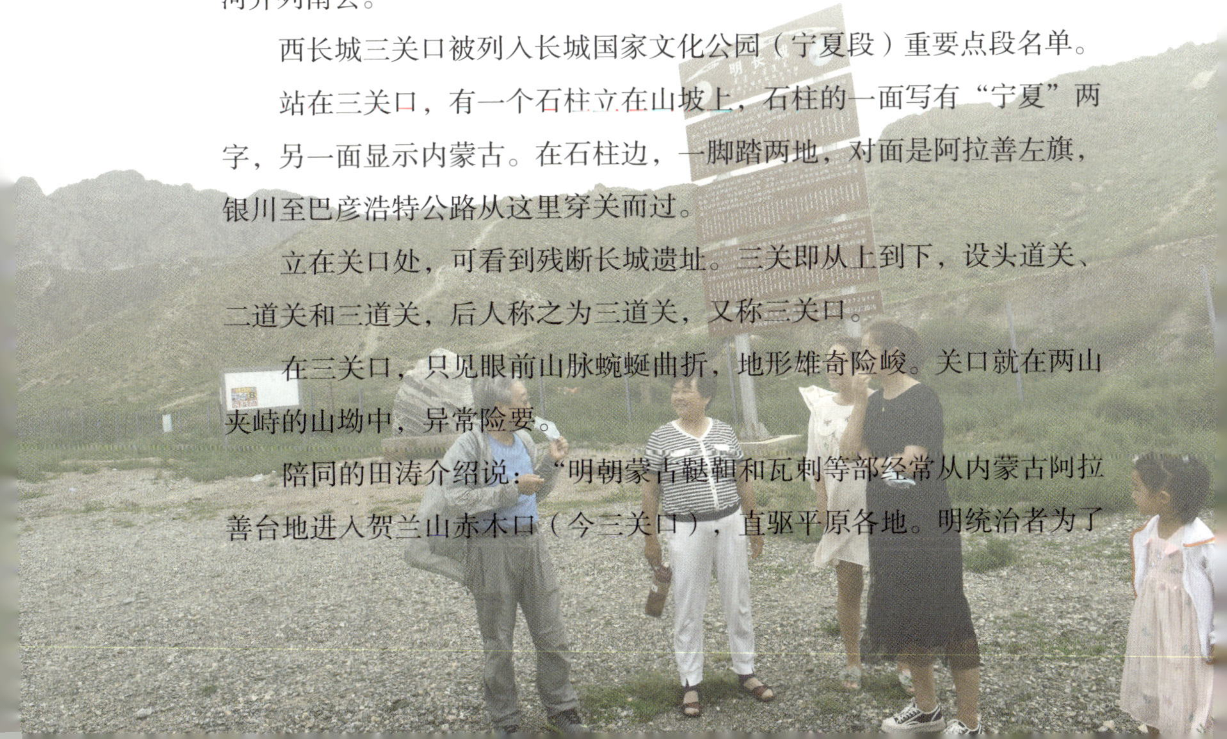

边防安全，特于三关口筑长城设关隘。”

史书记载，明嘉靖十年（1531 年）宁夏佥事齐之耗“万金”，修筑了南起大坝堡，北连三关口，长达 80 公里的长城，后被风沙填平。嘉靖十九年（1540 年）增筑了三关口以北长城。头道关关墙南北与长城连接，此地山势开阔，是“缓口可容百马”之处。北侧城墙沿山脊向北延伸，墙体以石块垒砌，城墙每段拐弯处，各有墩台一座，墙、墩台已残损，仅留部分基址。

在现场看到，头道关向东南延伸的长城，保存较为完整，墙体高约 7 米，基宽 6.5 米，顶宽 3.5 米，墙顶两侧筑有女墙。

田涛对此地了解很透，他说：“头道关向西 6 公里是二道关，关口南侧有一座 20 多米高的山头，山头上有墩台。三道关东距二道关 4 公里，此关两山相夹，山谷狭窄，山陡壁峭。”

信步在山坡，上看山峰巍峨，下视谷底险峻，地形十分险要，颇有“一夫当关，万夫莫开”之势。

关口依山而砌，为石质长城，下边有深沟。昔日三关口长城建有很多墩台、烽火，主要为西控大漠，因此成为咽喉要道之险。

田涛讲：“三关口历史上曾有很多战事发生在此。成吉思汗第三次攻打西夏，就是把三关口作为突破口。当时三关口称克夷门，是西夏重要屯兵之地，在这里，蒙古军同西夏军展开大战，最后骁勇善战的蒙古军攻占此关，兵锋直指西夏都城中兴府。明代这里更是烽火不断。到了清朝同治年间，在遍及西北的回民反清斗争中，三关口也是回民起义军与清军屡次争夺的战场。”

在三关口长城北边的“豁了口”，贺兰山岩画很有看点，为此我们就近参观。

“豁了口”山口奇峰叠嶂，潺潺泉水从沟内流出。这里有 1000 多幅岩画，分布在沟谷两侧绵延 600 多米的山岩石壁上。画面以人首像为主，其次为牛、马、驴、鹿、鸟、狼等动物图形。其中人首有的长犄角，有的插羽毛，有的戴顶帽。女性岩画有的绾发髻，有的大耳高鼻，有的口衔骨头，有的面部条纹，还有的双臂弯曲，两腿叉开，腰佩长刀等，再现1000多年前的妇女形象。

沿三关口长城继续南行……

一边是巍巍南去的长城，一边是滔滔奔流的黄河……

顺西长城三关口南下，去往北岔口长城、青铜峡、水库大坝、108塔，这些都被列入长城国家文化公园（宁夏段）文化长廊建设保护重点项目。

首站来到青铜峡北部的北岔口长城，这里为西长城带。

田涛说：“北岔口长城很有名气，岳飞在《满江红》中留下了‘驾长车，踏破贺兰山缺’的千古名句，镌刻着贺兰山历史的沧桑。”

在长城边，看到北岔口长城处在贺兰山麓南端的大山口，处在青铜峡贺兰山东麓，山势险峻，这里很明显为一处要塞。

长城随山势走向而修筑，据田涛说是迄今为止宁夏境内明代长城保存较为完好的一段。

北岔口长城自银川市西的三关口至青铜峡黄河大坝这段总长为40公里。

汽车离开北岔口长城，沿高速路南行。

途中，西边长城依然在招手，东侧黄河仍然在欢唱——

纵横的河流，网式的渠道，巍巍的长城……

这是车窗外绝美的景色！

进入青铜峡，骤然，眼看黄河水面逐渐变小，接着，河道突然变窄。

茫茫沙海，滔滔黄河……

我从青铜峡来到中卫沙坡头，去看这里的古长城遗址。我上一次到沙坡头，并不知道这里还有什么长城遗址。这次，我的长城行，当然不会放弃看沙坡头长城遗址的机会。

眼下，我正在穿越沙坡头的沙丘……

披着沙风，踩着沙砾，伴着沙浪……

顺黄河，当走到黄河宿集边终于看到了长城遗址。

啊！这就是沙坡头长城遗址！顿感兴奋起来……

这段长城紧靠黄河，爬上长城，可眺望北部的沙漠，可见滚滚的黄河。

中卫长城，当地人称“西长城”，又称“边墙”，总共长 150 多公里。在此，我联想到一句诗“黄河远上白云间，一片孤城万仞山”。

旁边的田涛介绍，在沙坡头一道山梁豁口处新发现了战国秦长城遗址。经专家考证，这段位于沙坡头南区的古长城为战国秦昭王长城，采用大石块人工垒砌、石块间缝隙黄土填充的方法夯筑而成，墙体遗址长约 20 米，基宽约 8 米，残高最高处约 3 米。

当返到沙坡头景区门口，恰遇中卫文旅局的一位工作人员，就中卫长城资源进行了交谈。

问：“中卫长城的延伸经过怎么讲？”

答：“中卫境内长城自甘肃省靖远县进入宁夏，自西向东分布在沙坡头区、中宁县、海原县，全长约 220 公里。”

问：“长城状况呢？”

答：“长城墙体由土墙、石墙、山口墙、山险墙四部分组成，沿线分布烽火台 98 座。”

问：“是国家重点文物保护单位吗？”

答：“是！ 2014 年沙坡头区姚滩段长城被国务院公布为第七批全国重点文物保护单位。”

问：“请说说长城现状吧？”

答：“中卫境内的长城大部分遗迹明显，但自然风化和早期人为破坏较为严重。特别是 20 世纪 50—80 年代初，各种生产建设和农业开发，已对长城造成了很大的破坏。”

问：“再具体一些讲？”

答：“夹道村、黑林村长达 10 多公里的长城在开荒造田、建设厂房、修建铁路时被全部挖毁；迎水桥镇 13 公里的长城已被防风固沙林网带覆盖；常乐镇下河沿及其他镇乡农民早期的住房建在长城墙基上，并且

借助长城墙体建砖窑、挖窑洞、围羊圈，黄河以北许多农田、果林都紧靠长城；其他地段长城的许多部位断断续续，豁口较多。”

问：“长城国家文化公园建设保护方案启动了吗？”

答：“启动了，以黄河为界，将中卫境内古长城分为河南、河北沙坡头区段，中宁段、海原段，分段抢修保护。市委、市政府领导非常重视长城文化公园的建设。”

沙坡头，长城风景带上的一颗璀璨明珠！

南长城：
固原秦长城·六盘山

脚下踩着昔日红军走过的路，向前、向前……

一路辗转，终于来到宁夏最南部的固原市。

固原市是一个地级市，包含四县一区。固原已被纳入长城国家文化公园（宁夏段）建设保护重点区域。这里的南长城固原段为战国秦长城遗迹，总长度 200 多公里。

固原看点很多，其中不仅有横贯东西的秦长城，还有六盘山国家森林公园、六盘山红军长征纪念碑等。

清晨，首先去秦长城。秦长城在固原市辖管的原州仅存 40 公里，横贯原州全境。

我站在原州地界的土长城上，感慨万千！这就是真正的秦长城，也真正体味到秦长城的古老和沧桑。

陪我踏访的田涛说：固原全境的整个秦长城，起自甘肃省临洮县的洮河谷地，顺葫芦河东岸经北峡口从闫庙村进入西吉县入固原市后，形成“内城”和“外城”。内城从明庄起，绕固原城北，经郭庄、十里铺、清水河至沙窝；外城经乔洼过清水河后再折向东南至沙窝与内城合二为一。长城在固原地区境内经过西吉、固原、彭阳 3 县，全长 174 公里。

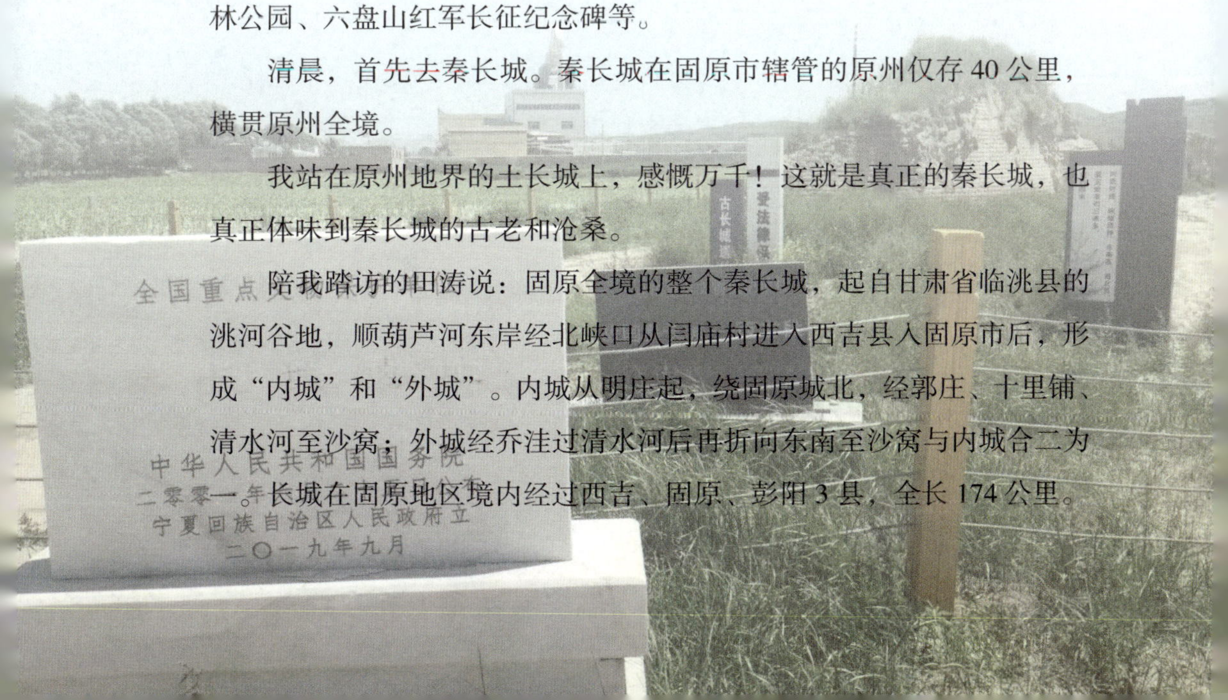

当提到始建情况，田涛拿出材料依据，史志载："始皇三十三年遣大将蒙恬北逐匈奴，又西起临洮（今甘肃岷县）、东至辽东筑长城万余里，以防匈奴南进，史称秦长城。在固原地区境内的长城，实际是在战国秦长城的基础上又进行了加固。"

田涛说，秦长城这一段很长，直通甘肃省。长城边上不少地方建有寺庙，其中有一座秦王寺，殿壁画上有诗云："渭水滔滔日夜流，不知征战几时休？万里长城遗迹在，不见昔日秦王侯。"

参观秦长城后，我们驱车南行半个小时，来到泾源县六盘山下一个镇。

下车后，听到当地百姓在广场跳舞高唱歌曲：“天高云淡，望断南飞雁，不到长城非好汉，屈指行程二万……”

六盘山主峰坐落在这里。当敲开镇政府的大门时才知道什字路镇已改作六盘山镇。

第二天清晨，天刚蒙蒙亮我便开始向六盘山 3800 米主峰攀登，领略一下“天高云淡，望断南飞雁”的风光，体会“不到长城非好汉”的感觉。

这是我第二次登六盘山，第一次是 2004 年。

六盘山南接崆洞，北连萧关，绵延千里，瞭望主峰，白云缭绕，气象雄浑。攀登六盘山主峰，和尚铺村是必经之路，当年红军就住在这个小山村。村边小溪旁，见到了当年目睹红军爬山的一位老人，他详细介绍了当初的情况。

告别和尚铺，沿羊肠小道走向六盘山主峰。时值早晨，满山树木一片绿意，遍野山丹丹一簇一簇。

经过 3 个多小时的爬行，上午 11 点钟爬到山顶。

顿时，那“天高云淡”的景况使我心旷神怡……

第七章

甘肃段：河西走廊中的秦、汉、明长城

甘肃长城总长3654公里，其中明长城1738公里，为全国之首。长城国家文化公园（甘肃段）建设保护规划为“三园、三段、八点一线”空间布局。甘肃是秦、汉、明三代万里长城的西端，秦长城从静宁、通渭、陇西、渭源到临洮（古称岷县）；汉长城从令居（永登）贯穿河西走廊到敦煌；明长城的西端是嘉峪关。甘肃长城带有敦煌石窟、麦积山、黄河石林、永泰龟城等景点。

天下雄關
全国重点文物保护单位
萬里長城—嘉峪關
中华人民共和国国务院
一九六一年三月四日公布
甘肃省人民委员会立

岷县：从秦长城到哈达铺

进入甘肃，首选岷县长城。岷县，甘肃省定西市，因境内有岷山而得县名。

岷县是秦长城西首起地（始端或终端），又南依红军长征经过的哈达铺旧址。

到达岷县，首先探访秦长城。

刚到县里就听说，前不久中国长城研究院院长一行深入岷县考察调研秦长城遗址工作，先后深入岷县境内 12 处遗址考察。

第二天一早，我驱车西行来到十里乡的铁关门村。在村边田间，眼前呈现出土岗、砖石、瓦块，眺望远处还有台墩——这就是我要看的秦长城遗址。

可喜的是，岷县已纳入长城国家文化公园（甘肃段）建设保护规划。其中，“陇右屏障（战国秦）”展示园中主要展示战国秦陇右屏障西端起点望儿咀段长城，临洮、通渭、岷县境内的长城墙体、壕堑、烽火台、山险及相关其他遗存等。可见，岷县在其中。

陪我踏访的向导赵先生说，县志载：“秦始皇三十三年，遣大将蒙恬率三十万众，筑万里长城，西起岷县（临洮），东至辽东，延袤万余

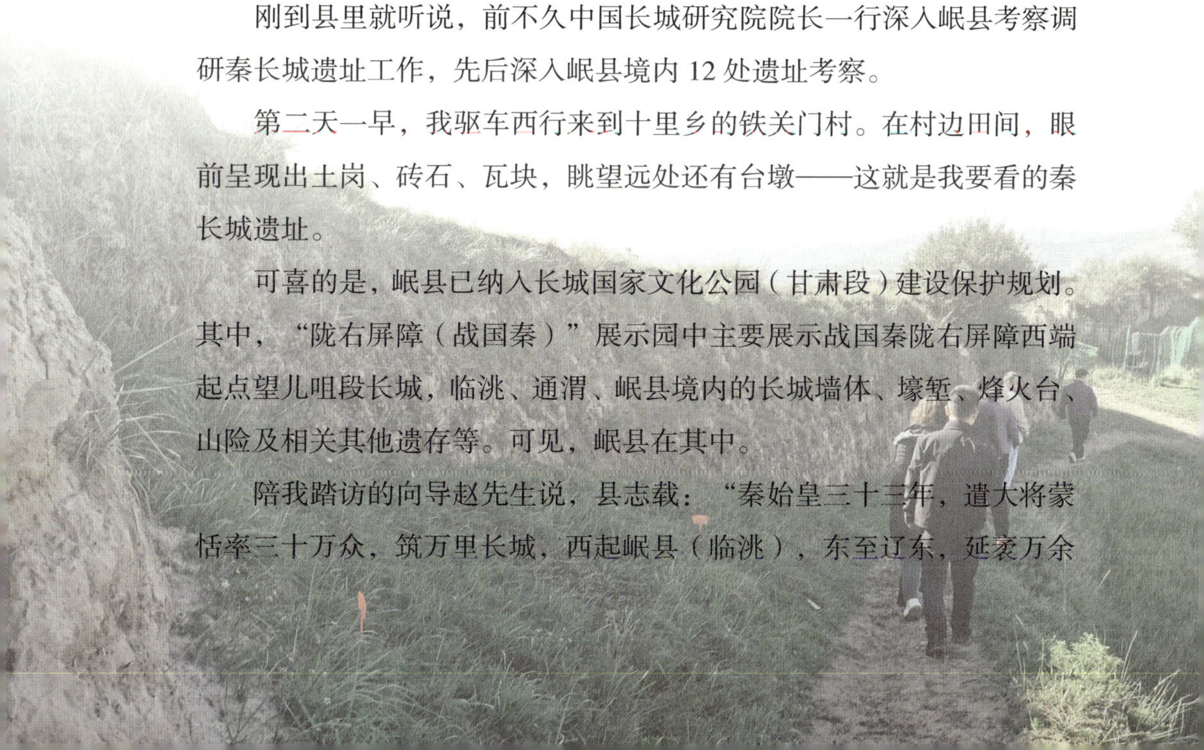

里史称秦长城。”

我问：“有历史记载吗？”

赵先生答：“有啊！很多古籍上有记载呢。《元丰九域志》载：‘熙州（现今临洮）无古迹，秦长城在岷州界。’在唐代的《元和郡县志》、宋代的《太平寰宇记》等文献载：‘秦长城的起点在岷县。’杜佑《通典·州郡典》中说：‘秦长城在郡西二十里之崆峒山，自山旁洮水而东，即秦之临洮郡至此矣。’”

赵先生又指着前边的山说：“此山即岷县城西大沟寨的五台山，古称崆峒山。这里是洮河转弯处，与岷山乡的跌马城遗址相对，大沟寨山下之铁关门村，就是秦长城西首起地。”

我心生疑惑，便问赵先生：“秦长城的西首起地，不就是始端或终端吗？”

赵先生解释：“有争议，应该都对，因为历史上两地归属同一个地方。”

赵先生说：“岷县的二郎山上还发现了秦长城遗址，这可以作为研究资料。”

说完，赵先生把话题一转，说这里还是革命老区，他介绍：“1936年8月10日晚11时，红30军向二郎山发起猛攻。在徐向前、李先念等指挥下，与二郎山守敌展开激战，战斗一直延续到17日，红军打死打伤敌人1000多名。”

据了解，哈达铺离这里很近，是红军长征经过之地，我决定再走一程。更何况，哈达铺已被纳入长征国家文化公园之中，它与岷县秦长城遥遥相望。长城、长征；长征、长城，两个国家文化公园遥相呼应，成为当地的文化风景线。

经过20分钟车程，到达哈达铺。

哈达铺位于岷山脚下，它是中国工农红军长征命运的重要决策地。

1935 年 9 月 18 日，红一方面军突破天险腊子口后来到这里。在这里一个重大的决策在中央领导层中形成：挥师北上，到陕北去，到陕北建立根据地！

这是一个柳暗花明的举措。

哈达铺成为中国现代革命征途上的“新起点”，被誉为红军长征路上的“加油站”。

哈达铺纪念馆当年是“义和昌”药铺，坐落在由 382 家店铺组成的一公里长的街道上。这里是红军长征途中保留原貌最完整的一条街，被誉为“中国工农红军长征第一街”。

在这条古街上，还有当年的“邮政代办所”“同善社”。除此之外，还有“张家大院”“关帝庙”等，这些都是当年红军驻足的地方。

哈达铺地处麻子川下梢。站在麻子川顶张望，这里一边的融雪水流进白龙江入长江，一边的雪水流进洮河入黄河，江河的分水岭造化了宕昌特殊的地理环境。南眺岷山，北望秦岭，高原、山地、河谷，交错成一方神秘的山地。这里的物产资源十分丰富，是一片亟待开发的处女地，是一块充满生机与希望的热土。

哈达铺是长征国家文化公园的重要组成部分，岷县长城遗址是长城国家文化公园重要组成部分，今大的行程两全其美，难得啊！

通渭：
过麦积山、伏羲庙去榜罗旧址

麦积山距离秦长城和黄河都不远，它是长城国家文化公园和黄河国家文化公园沿线的重要景观。

开足马力的汽车向麦积山飞奔而去……

45 公里车程后，到达麦积镇。

麦积山是秦岭山脉西端小陇山中的一座孤峰，为典型的丹霞地貌，因形如农家麦垛而得名。

景区包括麦积山、仙人崖、石门山、曲溪四大景点和街亭古镇。

在攀登麦积山时，讲解员介绍：这里地处黄河、长江两大流域，既有丰富的动植物资源、形态各异的地质地貌，又有众多的文物古迹。

当走进有我国“四大石窟”之称的麦积山石窟时，看到很多很多洞窟，据悉共有 194 个，还有泥塑和石刻造像 7200 余尊，壁画 1300 多平方米，尤其以泥塑艺术见长，被誉为“东方雕塑馆”。

麦积山的泥塑、石雕、壁画，不论是北朝的“秀骨清像”，还是隋唐的“丰满圆润”，都栩栩如生。2013 年被列入世界文化遗产名录。

欣赏完麦积山景区之后，我又来到天水伏羲庙。这是我国目前规模最宏大、气势最雄伟、时代最久远、保存最完整的祭祀人文始祖伏羲的

宗庙建筑。

之后，马不停蹄，又向通渭县赶路。

通渭县秦长城长 88.8 公里，起点在榜罗镇。

去往通渭的路上，脚下是当年红军走过的山路，似羊肠小道挂在半山腰，时高时低，时陡时缓。这里是岷山的余脉，黄土高原的边缘，既有高山，又有丘陵，还有岗坡。隔窗而望，山梁上的植被越来越少，绿色越来越淡，黄色越来越重。

经过一个多小时的行程，进入榜罗镇。

只见来旅游的人们走向中国工农红军纪念馆。馆前高声播放《七律·长征》："红军不怕远征难，万水千山只等闲……"

我走进馆内，看到摆放着的红军用过的子弹箱、文件袋、擀面杖、水瓢、背篓，有感而发：红军长征，太艰难了！

这首恢宏高昂的诗篇，是一曲气势磅礴的壮歌！是革命浪漫主义、革命现实主义、革命乐观主义相结合的不朽之作！充分展现了波澜壮阔的长征历程和红军不畏艰险的英雄气概及夺取革命胜利的坚定信心。

自榜罗镇会议之后，中国工农红军以《长征》诗为动力，勇往直前，一直走向陕北，走向成功，走向胜利！

榜罗镇有悠久厚重的历史文化，远古时代隶属塞外藩国，"秦长城遗址"是榜罗的历史瑰宝。

纪念馆珍藏的长城出土文物很显眼。

桃岭，为榜罗的著名景观，清代诗人"路向桃园去"赞誉了榜罗桃岭的壮美。

榜罗镇不仅自古

是商家云集之地，还是通渭县四大名镇，通渭的八大景观之一的“桃岭红霞”也在榜罗镇。

在榜罗镇，我的主要目的是看长城，走到长城前才知道镇域范围内有延绵 20 多公里的秦长城。榜罗镇坪道村出土的文物“宋代砖雕”极有价值。

值得当地人自豪的是，长城国家文化公园（甘肃段）建设保护规划中就有榜罗镇的战国秦长城。政府针对这一段甘肃境内保存最为完好的秦长城，提出要配套完善基础设施，展示榜罗镇长城周边的农业与自然风光，并结合规划重点展示“榜罗镇会议旧址”，共同打造体验园区，开展乡村旅游、红色旅游等项目。

因为景色美，榜罗镇还是好诗频出的好地方。这里有“路向桃园去，霞从岭上飞，一时红霞漫，花气袭人衣”的绝句。此地是东汉夫妻诗人巨匠秦嘉、徐淑的故里，秦嘉的《赠妇诗》、徐淑的《答秦嘉诗》等作品以“彼此铭心砺志，互矢忠诚”的夫妻和睦真情名句，脍炙人口，家喻户晓。

改革开放的今天，榜罗镇利用名镇的优势，特别是长城文化、长征文化、长征诗文，鼓舞斗志，促进乡村振兴。

景泰：
索桥堡烽火台·永泰古城·长城故事

风裹着沙，沙卷着风……

我风尘仆仆地来到了景泰县。县委宣传部部长张树军热情欢迎我到景泰采风长城。张部长打开手机，让我看他调研长城时拍的照片。

弯弯曲曲像长蛇伸展的明长城遗址。

张部长说："我们景泰不仅有长城，还有黄河，我们一定做好长城国家文化公园、黄河国家文化公园的建设保护工作，让更多的人看祖国的长城，赏母亲河的黄河石林。"

之后，我便开启了景泰县的踏访长城活动。

我从县城驱车半个多小时到达东部的索桥堡烽火台时，刮起了大风，风吹得人连站都站不稳。

索桥堡烽火台

在县文旅局陈秀琴女士带领下，我们迎着大风，终于登上了山顶，眼前出现一长排石墩，像哨兵站岗一样，原来这就是索桥堡烽火台。

一排 5 座烽火台遗址！

陈秀琴介绍：“索桥堡烽火台坐落于景泰县芦阳镇原索桥村的山梁上，修建于 1599 年，为明长城（新边）景泰县境内第一座烽火台。主墩北侧有 5 座燧体与主墩呈一字形排列。”

长城、黄河交汇处的索桥古渡太壮观了！

说完，在陈秀琴引领下，从烽火台下行，看到了黄河边上的索桥堡桥墩遗址，其为索桥古渡口的重要组成部分。

陈秀琴介绍，索桥古渡口始建于汉唐，是古丝绸之路北线重要黄河渡口之一，横跨景泰和靖远两县，东岸通向靖远的哈思堡，西岸接景泰的芦阳镇。索桥渡口最早以木船和羊皮筏子摆渡。1601 年两岸修建索桥，河面上排 24 只大船，两岸四根铁铸“将军柱”，用草绳系船成桥，故名索桥。

身后是黄河边上的索桥堡遗址。

陈秀琴说：“索桥堡地跨黄河两岸，堡内曾有 300 住户，现已荒废，只留下残垣断壁。自古以来此地就是兵家必争之地，明朝选择这里作为明长城（新边）的起点。”

风越刮越大……

风稍微减小，跟陈秀琴北行 100 多米，来到了明长城伸进黄河的龙头。

我和陈秀琴步步逼近明长城龙头遗址，靠近、靠近、再靠近……

直到近在咫尺！

我的天！真让人胆战心惊啊！

看吧：眼下黄河急流勇进！

听吧：俯瞰黄河涛声依旧！

再看：一条巨大的长城身躯一头扎进黄河之水，这就是明长城龙头：宏大、伟岸、壮丽！

我大喊：“明长城龙头遗址！”

我站在明长城龙头遗址，感慨万千——沿着这段长城西去，可以直达嘉峪关，怎不令人感叹呢！

陪我采风的陈秀琴说：“甘肃省境内现存长城较长，是长城资源大省，又是秦、汉、明三代长城西端终点，我为长城文化厚重而深感自豪！”

说到这里，陈秀琴接着讲：“长城国家文化公园（甘肃段）建议保护规划中，建设的 8 个长城特色展示点中就有景泰县。景泰县内的明长城又称新边长城，修建于 1599 年，自这里向西过八道泉村、青石洞村，越海拔 1887 米的夹山泉山至红墩子村。再过高家墩、由毛牛圈村西北出景泰县界而入古浪县境，与武威市黄羊镇‘旧边’相接，纵贯景泰县 69.3 公里长城、101 座烽火台。”

面对黄河边上的明长城石碑，我问：“景泰县内长城的看点呢？”

当问到这些时，陈秀琴不作声了。这时她立在城墙根，感叹地说：“长城是中华民族的脊梁，是中华民族坚不可摧的意志和力量。这一段长城完全保存下来了……”

离开明长城，我们去黄河石林。黄河石林是另一条路线，陪同者为景泰县文旅局的王明远主任。

黄河石林到了。

黄河石林已被纳入黄河国家文化公园重点建设保护规划之列，它和长城一样，我很上心，所以这次我进行了深入采访。

讲解员王艳艳介绍黄河国家文化公园规划图。

当我走进石林，穿行在山谷峰地，顿时被石林的怪石嶙峋所震惊：那光怪离奇的山石峰顶，有的像猴、像马、像羊，有的如殿、如塔、如亭，有的似棒、似杆、似锤……千奇百怪、自然天成！

走出石林，即黄河——石林紧靠黄河。

黄河石林，山水相依，壮阔而秀美！石林黄河，气势磅礴，粗犷而精彩。

永泰古城

景泰县明长城烽火台旁的永泰古城，是明长城边防体系的重要组成部分。这也是我踏访的重点。

在县文旅局陈秀琴陪伴下，我们驱车西行，当前边出现永泰古城城墙时，我兴奋万分。脚下是戈壁滩，北边为永泰川、草窝滩，南面是老虎山，两侧是明长城烽火台。

这的的确确就是永泰古城，是真真切切的明代遗迹，因为我看到了古城前的石碑，上面写有“全国重点文物保护单位”。

参观永泰古城的向导为永泰小学退休老教师李崇仁先生。

李老师介绍：“永泰古城城墙南北两侧分别指向兰州和长城方向，建有绵延数十里的烽火台。”

如此完备的设计，堪称中国古代军事要塞教科书式的典范之作。

李老师说：“永泰古城建于明万历三十六年（1608 年），在明清两代具有重要的战略地位。永泰古城从建成至今，经历了 400 多年的沧桑。”

我们在古城内边走边看边听介绍。当我对古城沉思之时，李老师问我这座城轮廓像什么？可我答不上来，他说：“像龟！”

接着李老师介绍：“古城设计如乌龟，故又称永泰龟城。古城周长 1.7 公里，外形是一个大圆，城周有护城河。城四面四个城角形似龟的肩足。古城占地面积 318 亩，城门向南偏西开，形似龟头，内门叫永泰门。四面瓮城形似龟爪。城北有 5 座烽火台渐次远去，形似龟尾。”

古城内原有大佛寺、诸神阁、玉皇殿和数道牌楼等古建筑群，后被拆除。

听李老师介绍和实地观看才知永泰龟城名不虚传，特别是《美丽的大脚》《雪花那个飘》等影视剧片在这里拍摄，更是使其声名大噪！

长城故事

参观结束后，在寺滩乡永泰古城永泰村村委会大院，举办了一场别开生面的“长城故事”讲述会。我有幸受邀为村民讲述走长城的故事，而倍感荣幸。

我结合自己沿长城采访的所见所闻，主要讲述《大刀进行曲》诞生地喜峰口长城抗日之战、平型关大捷、雁门关抗日之战、娘子关抗日等，并重点讲述了国家启动长城国家文化公园建设的重大意义。

在此调研的重庆大学瞿杨溢博士讲了景泰长城带上的乡村振兴工作。县文旅局干部陈秀琴发言，她介绍说："永泰古城距今400多年历史，为古军事要塞，现住84户农民。古城伸向长城方向建有数十里的烽火台，并与景泰全县69.3公里长城、101座烽火台相连，起到保护国土的作用。1936年，中国工农红军红四方面军过河部队在景泰与敌浴血奋战，取得一条山战役的胜利。董振堂军长带领的红5军11月9日晚在永泰古城住了一夜……"

永泰村书记李积军向大家讲述了永泰村古城的情况。

景泰县乡村振兴局主任张世荣、景泰县寺滩乡政务服务中心主任肖鹏、永泰小学退休老教师李崇仁等参会。

太阳偏西……

窗外的永泰古城、烽火台、明长城，让人流连忘返……

嘉峪关：
“天下第一雄关”

汽车向嘉峪关行驶……

行车中，陪同采风的向导张兴先生向我介绍了长城国家文化公园（甘肃段）“三园”中的“明代雄关”展示园，主要展示明代长城西端起点“天下第一雄关——嘉峪关”、万里长城第一墩、悬壁长城等。

我是凌晨5点从天祝县沿高速路出发的。前一天，我在此县探访了明长城。

天祝县归属武威市管辖，是我进入武威市走访的第一个县。武威市境内长城遗存丰富，汉、明长城共 4 条主线，全长 627 公里。

快到乌鞘岭了。这时，张先生又补充说：“做大做强长城文化旅游品牌，重点建设敦煌、嘉峪关、张掖、武威、兰州、酒泉、玉门七大文旅融合板块。这也是长城国家文化公园中的方案。”

乌鞘岭，藏语称“哈香日”，意为和尚岭，岭上曾有“湘子庙”而得名，它是丝绸之路的要道，是通过河西走廊去新疆的门户。为此，“乌鞘岭”与“河西走廊”出了名。

乌鞘岭西边就是河西走廊，即古代丝绸之路必经之地。

提到河西走廊，东起乌鞘岭，西至玉门关，长1000公里。而丝绸之路，是中国古代在河西走廊开辟的一条走向欧亚两洲的通道，运送丝绸、蚕种、火药等到西方，因主要是丝绸，故名“丝绸之路”，简称“丝路”。

2000 多年来，多少使臣商贾、文人墨客、士兵戍卒，通行在河西走廊这条古道。在漫长的岁月里，“丝路”经历了风风雨雨，有过繁荣，有过屈辱，但同时也创造了文明，留下了文化遗迹。

“丝路”东起西安，西到地中海，全长 8000 公里。“丝路”的黄金路段是河西走廊。

我在乌鞘岭稍停，看到山势险峻、云雾缭绕，3562 米的海拔使我顿感呼吸有些不畅。然而，美丽的景色使人立刻平静下来。西南是祁连山，“祁连”是匈奴语“天”的意思。白雪皑皑的山脉连着天，连着云，有“天山”和“白山”之说。西北是茫茫的腾格里沙漠和巴丹吉林沙漠。“白山”和荒漠夹击下的河西走廊反差如此之大。这是我第三次来河西走廊，不由得回想起当年所采访到的人物，记忆犹新……

进入河西走廊，首先映入眼帘的尽是变化的风光。昔日，走完“丝路”全程，需要 8 年的时间。在茫茫大漠里，没有水饮，要渴死；没有衣被，要冻死。而今走河西走廊的路途只要一天时间。

建设大西北，先行高速路，给昔日的“丝路”再增加了一道天路。伴随“丝路”的，还有河西走廊中的电缆线路、输气管道、地下光缆等，都是国家投资的。

汽车在飞驶，一会儿大漠戈壁，一会儿绿意盎然，道路一马平川，畅通无阻。

然而，“丝路”并非一条平坦的大道。在历史的长河中，它用血汗铺就，凝聚着中华民族的气节，华夏儿女的坚贞。为了捍卫“丝路”和国土，古往今来多少仁人志士为之奋斗甚至献出了宝贵的生命。

不觉间，车行到达武威市古浪县。

古浪县境内汉、明长城总长 224 公里。

在古浪县，我去了大靖镇长城村采风，参观了红军西路军古浪战役纪念馆、古浪县红军西路军烈士陵园。

接着去地处腾格里沙漠南缘的八步沙林场，这里曾是风沙肆虐，吞噬农田之地。20 世纪 80 年代初，6 位老汉承包沙地，植树造林，书写了从“沙逼人退”到“人进沙退”的绿色篇章。“六老汉”中的郭朝明老人的儿子郭万刚，成为第二代治沙造林人的代表。

张先生介绍，在河西走廊，为了丝路畅通，有太多的战事。他说：

“西汉张骞出使西域，在河西走廊与匈奴之战，为丝绸之路写下了光辉的一页；‘匈奴未灭，何以家为’的骠骑将军霍去病，两次祁连山之战，大胜匈奴，夺回河西走廊版图……”

古代丝绸之路并不是一条平静的古道。为了这条路的平安，古人备好战马，随时准备反击外来侵略。

车到武威市区，我有幸参观了武威郊外雷台汉墓出土的绝世珍宝铜奔马。铜奔马踏飞燕，带领着数十辆铜马、铜俑战车，杀气腾腾，威武庄严，看了使人联想到古人为了这一方热土驾马驰骋的壮观场面。

铜奔马的出土，震惊了世人。目前，我国已将铜奔马定为中国旅游的标志。

在此，我看了一场歌舞表演。美妙动听的歌喉，是祁连山下的姑娘们在为客人们的到来洗尘接风，敬酒唱歌。粗犷洪亮的曲调，人们仿佛置身于白雪皑皑的祁连山下，河水环抱的天然牧场，山脉交错的森林草原……

这里的马好，而这里的羊也同样有福气！

武威不少人常年过着游牧生活。改革开放的声浪波及这里，人们依照地理优势，大力发展畜牧业。这里的野山羊吃喝都不愁。为什么呢？这里的羊“吃的是甜甘草，喝的是矿泉水，走的是黄金路”。甘草是中草药，遍地皆是；矿泉水是融化了的祁连山雪水；黄金路是指地下埋有金子。

沿古丝绸之路，过金昌市，进入张掖市地界，这里有五彩缤纷的自然风光。

在张掖市临泽县倪家营乡南台看到丹霞地貌层理交错，气势磅礴，造型奇特，色彩斑斓。

从临泽县，直插高台县。

高台县境内，明长城主要经过罗城、黑泉、合黎3个乡，全长

165.8 公里。在高台县，我参观了中国工农红军西路军纪念馆，园内安葬着转战河西、血战高台而壮烈牺牲的红 5 军军长董振堂等 3000 多名红军西路军革命烈士的忠骨。

“酒泉西望玉门道，千山万碛皆白草。”汽车穿越酒泉，朝西向着嘉峪关方向进发。混混浊浊的天际中，雄伟壮丽的嘉峪关浮现在眼前。

河西“三关”即指嘉峪关、阳关和玉门关。改革开放以来，特别是近年来，“三关”地带成为国内外人士关注的热点，纷至沓来参观、游览、考察、投资，感受中国悠久历史、灿烂文化和古代文明，一时出现“三关”热。

酒泉到嘉峪关只有 20 公里路程。嘉峪关长城前一巨幅红色标语非常醒目：长城是中华民族的重要象征，是中华民族精神的重要标志。

嘉峪关是明代万里长城的最西端，被称作“天下第一雄关”。这里丝绸之路文化和长城文化融为一体，交相辉映，构筑了世界文明、人间奇迹。

当登上关楼时，确有“遥瞻大荒，气概无限”的感觉。

茫茫戈壁，祁连雪山，阡陌绿洲，浮云片片，尽收眼底。“万里长城万里魂”，蜿蜒起伏的古长城，好似伸向祖国胸怀的大动脉，在跳跃、鼓动。

接着，来到悬壁长城。此地距嘉峪关关城不远处的黑山山腰，现存750米长的长城，蜿蜒在倾斜角度为45°的山脊上，似长城倒挂，铁壁悬空，故有“悬壁”之称。此段长城建筑于1539年，因地势险峻，气势宏伟，故有“西部八达岭”之称。

“万里长城第一墩”，在嘉峪关明墙南端7.5公里处，是明代万里长城最西端的第一座墩台，因此被称为“万里长城第一墩”。

每当夕阳晚照，此地尽显“大漠孤烟直，长河落日圆”的景象，让人倍感西部的苍凉、浑厚与深邃。

嘉峪关市在启动长城国家文化公园（嘉峪关段）保护总体规划后，已把长城资源作为开发的重点。来此地旅游的人们既可领略嘉峪关、悬壁长城、“万里长城第一墩”等独具特色的西部风光也能让人们体味龙林探视、沙漠驼铃、讨赖河旅行、花海魔城探险等西部独有的情调。

太阳偏西，我又深入嘉峪关村长城人家胡佳瑛家，在她家的菜园中，与4家农户座谈，了解长城保护、乡村振兴，并为他们讲述沿长城采风的所见所闻，重点讲解长城带上中国工农红军西路军作战、平型关大捷等长城故事。

胡佳瑛全家5口人，依靠嘉峪关的地理优势，经营饭店、鸵鸟养殖，生活较为富裕。

嘉峪关之夜，静悄悄！透过窗前的玻璃，隐隐约约看到嘉峪关长城在夜幕中伸展、延长……

阳关：
“今出阳关有故人”

飞越大漠中的丝绸之路、茫茫戈壁沙海，目光中不时出现蜿蜒起伏的巨型夯土墙，穿云破雾，宛若一条巨龙，蔚为壮观，那就是著名的汉长城。

第一次去阳关时浮想联翩……

汉长城是汉武帝经营和开拓西域后，沿丝绸之路修筑的坚固防线，防止匈奴侵扰，保证丝绸之路的畅通。

汉长城动用了成千上万的民众，花费了 20 多年的时间建成，可谓是劳动人民智慧的结晶，是中华民族的象征。

陪同踏访的张兴先生介绍，在长城国家文化公园（甘肃段）建设保护重点规划方案“三园”中的“河西汉塞”文化展示园，主要展示丝绸之路要隘阳关遗址和汉长城。规划方案提出要通过建设展示步道和风景道示范段，让参观者实地感触甘肃长城最西端阳关、玉门关和敦煌长城墙体独特的芦苇夹砂石营建形式，全面展示烽火台碳化的芦苇、红柳枝条积薪等建筑材质；要依托雅丹地貌周边长城资源，开发重走汉长城体验项目，着力打造丝绸之路及边塞文化沉浸体验式游览区。

阳关长城国家文化公园建设势在必行。

“出了嘉峪关，两眼泪不干，前看戈壁滩，后看鬼门关。”这句民谣已流传了几代人，而要改变戈壁滩的面貌，谈何容易，并非十年八年所能办到的。

从嘉峪关往西走 400 多公里路程，才是阳关。这是我第二次去阳关，第一次来是 20 多年前了。

汽车在疾驶……

八百里路云和月，相伴的全是沙砾、卵石、黑子铺成的茫茫戈壁。笔直的柏油路把戈壁劈成两半，伸向白云蓝天之中，真有“大路朝天”之感。

穿行在天路，还真看到了“海市蜃楼”：那波光粼粼之中，袅袅炊烟、茵茵牧草、片片牛羊，隐隐约约，缥缥缈缈……

阳关，就飘浮在远离嘉峪关的戈壁沙滩……

我们到达阳关时，已是晚上。

次日清晨，一轮红日正喷薄欲出，万道彩霞把阳关遗址照射得通红。当我们打开车门时，被刺骨的寒风吹动，双臂缩成一团，这才真正体会到“早穿棉袄午穿纱，晚上围着火炉吃西瓜”的滋味。

迎着冷风，踩着飞沙，走向那虽只有残垣断壁，却依旧气势雄伟的阳关，脑海里油然响起王维的诗句：“渭城朝雨浥轻尘，客舍青青柳色新。劝君更尽一杯酒，西出阳关无故人。”

阳关是古丝绸之路南道的起点，为汉长城的关隘。尽管汉长城破败，但一墩墩烽火土台还残留，历史上说“阳关隐去”，而实则阳关犹存。

今天，阳关遗址新建了曲形长廊和关门，左右门框写有“悲欢聚散一杯酒，南北东西万里程”，横批为“阳关古道”，供来人参观，缅怀历史。

讲解员说："阳关虽很遥远，但很有看点！有不少人慕名而来，说明中国大西北的戈壁沙漠中的古代遗址阳关，吸引力太大了！"

我们走走停停，讲解员说："很多人崇尚阳关，向往阳关，特别是喜欢历史的。有一位远方来客，她从小就爱读有关阳关的书籍，早就想来一趟。最近下定决心来了，终于圆了阳关梦。她站在阳关遗址前，默默吟诵王维那悲壮的诗句，久久不愿离去……"

今日阳关不悲凉。

阳关一带有经济头脑的百姓，顺应西部改革开放的潮流，开办了葡萄园、采摘园、农家院，招待远方的客人。

我们在阳关烽火台下的南湖乡乡办林场葡萄园采访了一位中年妇女，她是一位高中毕业生——

问："您的葡萄园有多少亩？"

答："大几十亩吧。"

问："噢！不小！"

答："这葡萄园、农家院，接待了不少客人。"

问："年收入呢？"

这时，她没有直接回答，而是伸出两个手指，表示 20 万元！

我说："富了，不容易啊！这么遥远的地方！"

接着她意味深长地说："诗在远方！"

我心想，这位高中毕业生还很有才华，满口诗味！便张口再问："以后还出关吗？"

回应："昔日出塞泪不止，今出阳关有故人。"

"今出阳关有故人！"

的确，在长城国家文化公园相关规划启动后，很多人千里迢迢前来观看阳关，品赏这座汉代关隘，看"大地之子"……

玉门关：“春风已度玉门关”

离开阳关，汽车向玉门关进发……

途中，荒漠中的红柳、芦苇、白杨等绿色植物让人触景生情。张兴主任指着窗外的芦苇说，在长城国家文化公园（甘肃段）建设保护规划方案中，围绕“河西汉塞”展示园强调展示世界文化遗产玉门关遗址。

汽车继续前行……

偶见沟沟壑壑中的绿柳白杨。

望着窗外的荒凉，这时，我想起了唐朝王之涣的《凉州词》——

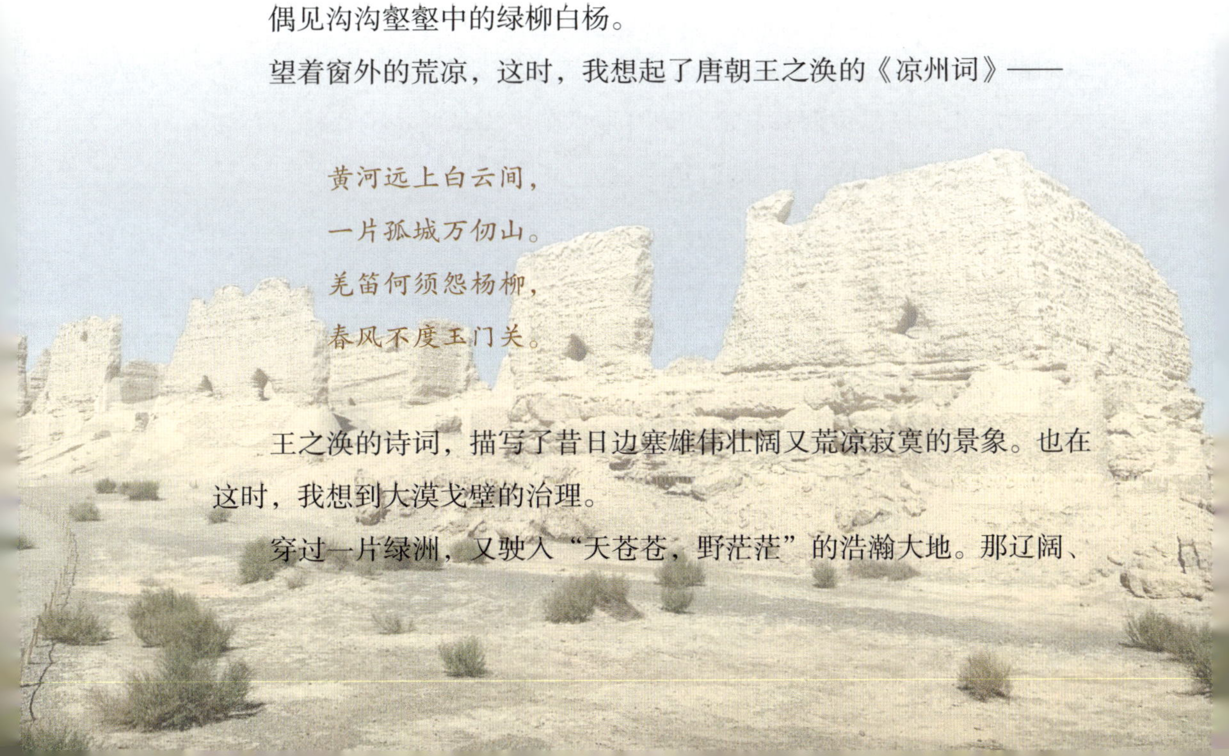

黄河远上白云间，
一片孤城万仞山。
羌笛何须怨杨柳，
春风不度玉门关。

王之涣的诗词，描写了昔日边塞雄伟壮阔又荒凉寂寞的景象。也在这时，我想到大漠戈壁的治理。

穿过一片绿洲，又驶入“天苍苍，野茫茫”的浩瀚大地。那辽阔、无边的大漠，那连绵、起伏的戈壁，那空旷、浩渺的沙滩，给人以粗犷、雄浑之感。

令人惊异的是，在大漠、戈壁、沙滩中，依稀可见一排排钻天的古柳，那就是左公柳。

柳树棵棵粗大，数丈之高，且郁郁葱葱。它给荒芜苍凉的天空涂抹了碧绿，给大漠戈壁带来了春天的气息和勃勃生机。

古柳是清代名将左宗棠西征新疆时率领部下栽种的，人们称颂它为“左公柳”。

左宗棠是湖南人，1866 年 9 月，他从家乡来到大西北任陕甘总督。任职期间，左宗棠率兵沿河西走廊的丝绸之路出征，看到大漠中的肆虐风沙，戈壁里的滚滚乱石，于是，下令部下植树栽柳，绿化荒漠，截挡风沙。

左宗棠的这一号令，调动了兵营千军万马的积极性。一时间，戈壁沙漠出现了官兵栽柳的壮观场面。据史料记载：“左宗棠部将惟时搜采枝干，越山度壑，负运艰苦。”可见，当时左宗棠率部下植树何等艰辛！

另据书载：“左恪靖命自泾州以西至玉门，夹道种柳，连绵数千里，绿如帷幄。”可想，左宗棠治沙栽柳的辉煌业绩。

1879 年，杨昌浚西陲赴命，惊喜地见到大漠丝路边的绿柳，心潮澎湃，欣然挥毫写下了不朽的诗句——

大将筹边尚未还，
湖湘子弟满天山，
新栽杨柳三千里，
引得春风度玉关。

为了大漠添绿，治理黄沙，历史上许多有识之士为之做出努力。清代雍正年间年羹尧，在河西走廊西端瓜州县布隆吉亲手栽植了大批绿树至今绿意盎然，被当地群众称作“年大将军树”；爱国人士林则徐，沿丝绸之路栽种了大量参天白杨，人们颂称“林公杨”。

治理大漠风沙，锁住戈壁黄龙。人们不会忘记对绿色做出贡献的功臣。在乌鞘岭至玉门关的丝绸之路上，还有不少绿柳白杨。

其中，有一棵参天的柳树，那是左宗棠亲手所植，它已列为国家重点保护文物，供人们瞻念。

“左公柳”与生态环境紧密连在一起。增强绿化意识，大搞生态建设，已成为河西走廊人民的共识。他们发扬前人治沙造林的艰苦精神，展开了一场前所未有的生态工程之战。从祁连雪山到腾格里沙漠、巴丹吉林沙漠，从武威平原到玉门关口，处处摆开了堵风口、治荒漠、抵流沙的战场。

“引得春风度玉关”，这一脍炙人口的豪迈誓言，必将变成现实。

“青海长云暗雪山，孤城遥望玉门关。”与阳关遥相对应的是玉门关。

玉门关是古丝绸之路北道的起点，也是汉长城的关隘，因古代是西域美玉入关的关口而得名。

玉门关和阳关同被称作“丝路古道上的雄关”。不过，玉门关还保存着 150 多公里长的汉长城。

玉门关虽小，但名气上可与阳关和嘉峪关媲美！

当我站在玉门关，看吧：西域沙碛，东去戈壁，北卧长城，南接古道，怎不让人感叹呢？

玉门关,玉门关！古往今来,令古今中外多少文人墨客触景生情呢？

此刻，我又想到一句诗“苍茫青海月，咫尺玉门关”，写玉门关写得真好。

“玉门山嶂几千重，山北山南总是烽”，是唐代王昌龄的诗句，描绘了玉门关的雄伟。

“闻道玉门犹被遮，应将性命逐轻车”，是唐代李颀写的，倾诉了诗人对国家大事的忧虑。

而李白的《关山月》最有气度、气势、气概和气魄——

明月出天山，
苍茫云海间。
长风几万里，
吹度玉门关。
…………

其实，在今天，尤其是长城国家文化公园建设保护规划方案的实施和启动，春风已度玉门关！

第八章

青海段：横卧世界屋脊上的长城

青海段长城始建于明代中叶，为防御西海蒙古袭扰而建，长363公里，是目前世界上海拔最高的明代长城遗存。长城国家文化公园（青海段）建设保护规划方案，将打造互助县、大通县、贵德县三个重点段，形成“一带、三段、三区、多点”空间布局。青海段长城带上还有青海湖、老爷山、坎布拉、娘娘山及藏族歌、土族舞、花儿会，更有缤纷多彩的高原风光。

互助：
长城穿越众多乡镇的县

进入青海省，恰逢油菜花开的季节，到处是大片大片的油菜花，这里成了油菜花的世界……

穿过茫茫油菜花地，去踏访世界上海拔最高的明代长城遗存。

来到互助县，这是全省长城穿越最多乡村的县。

进入青海省，就进入了青藏高原。这里是青藏高原的东沿，海拔2261米。

这是我第二次来互助县，第一次是2000年8月。

陪同踏访的为青海交通台康瑛台长，是一位广播战线很能干的女台长，又是青海省政协委员。

她说："要说采访长城，互助县资源丰富。就青海全省来说，互助县是长城穿越乡镇、农村地带最多的县。这些天，西宁市来了好几拨人参观长城，举行爱中华爱长城活动。"

说完，我们又从县城出发北行约4公里，来到东和乡，眼帘中出现一道土墙，原来这就是长城。

为什么首先来东和乡呢？前不久，也就是说长城国家文化公园（互助段）建设保护规划启动后，互助县县长前来东和乡调研长城。

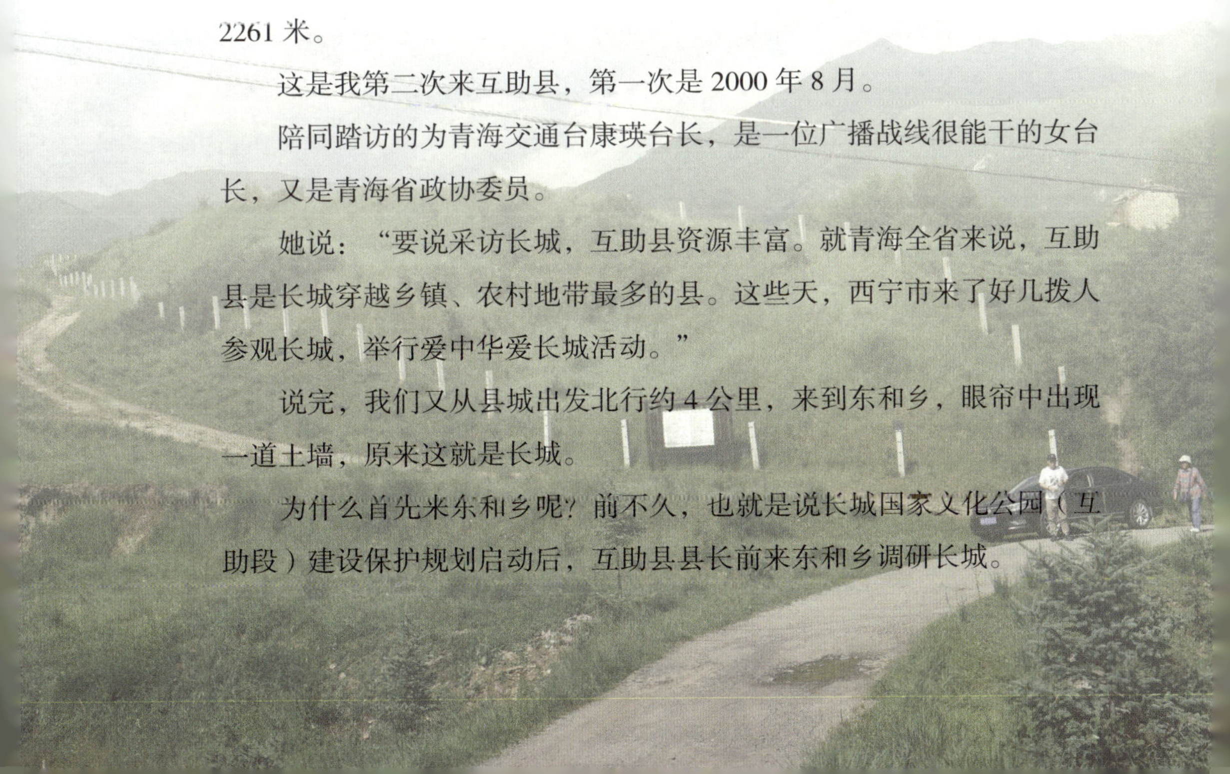

这是我进入青海省见到的第一段长城！

望着那伸向远方的边墙，看着那蜿蜒而去的长城，在这青藏高原，在这世界屋脊，在这离天最近的地方，怎么不为中国的长城而骄傲呢？

站在此地，身靠长城，感受中华民族的脊梁，感慨中华民族的象征，体会中华民族的精神图腾，怎不让人心动呢？

东和乡乡干部赶来了，指着这段长城介绍说：“互助县的长城从我们乡穿过，这是我们全乡父老乡亲的荣幸，给了我们丰厚的长城文化。”

对于青海的长城，它与内地的长城不同。为此，我请教了文旅局的同志。

问：“全县长城总长度呢？”

答：“互助县境内的明长城总长度为69.6公里。”

问：“穿过的地方呢？”

答：“互助县的长城东部起于龙王山，西部止于达坂山，从东至西依次穿越松多乡、丹麻镇、东和乡、林川乡、南门峡乡、台子乡等6个乡镇数十个村庄。”

之后，我们特意去了县城最北部泥麻村长城，参观土墙长城。

泥麻村长城长2935米，有一处敌台。筑长城材料都是就地的土夯成，中间混杂细碎的石子，下宽上窄。

在泥麻村长城脚下，我与村里的农民交流，向他们讲述长城故事。

离开泥麻长城，行车的路上，我在思考：青海，这么遥远，代代看重这里的地理位置，历代王朝为争抢青海地盘而发生战争。

清朝为保护青海而修筑长城，每年集会蒙藏王公祭海会盟。这，使人想到了我们祖国的长城。午间，我们回返到土族居住地威远镇一个村庄。

一群土族姑娘蜂拥而上，用歌舞迎接客人，曲调悠扬舒展，舞步轻盈自如。土族不管大人小孩儿，个个能歌善舞。

民族风情旅游项目是土族在青海省率先兴起的，一位姑娘接受了采访：

问："你们都会跳舞吗？跳的是什么舞？"

姑娘："安昭舞！是民族传统舞蹈。"

问："大大小小都会跳舞？"

姑娘："老人跳得更好，这是我们以前传统的舞蹈。"

这时，我又询问康瑛台长，康瑛台长又解释："安昭舞是一种古老的土族舞蹈，流行于互助县。"

接着，姑娘们上演"花儿"，当地说的是互助丹麻土族花儿会。

这时，康瑛台长又对我说，互助县的《拉仁布与吉门索》，也很有名气，入选第一批国家级非物质文化遗产名录，说完又邀请姑娘们演唱。

据介绍，青海省互助土族自治县的"拉仁布与吉门索""土族婚礼""土族轮子秋""土族服饰""安昭舞""花儿（丹麻土族花儿会）"等6项传统文化入选国家级非物质文化遗产名录，是全省"非遗"最多的县之一。

演唱中，她们用土语演唱《拉仁布与吉门索》。但我不解其意，经人解释才知道是土族祖祖辈辈口头传下来的。

接着，她们又唱"爱我中华，爱我长城……"将气氛推向高潮……歌唱新生活，歌唱新时代，这是发自少数民族心底的歌声。让这嘹亮的歌声，伴着乡村振兴的号角，飞向祁连山岭、大漠戈壁；飞向长城内外、大江南北……

大通长城：“青海的八达岭”

来到与互助县相邻的大通回族土族自治县。在县城，看到这里正举办“爱我长城爱我祖国”徒步公益活动，场面宏大，人气很旺，来自省内的200多名徒步爱好者参加徒步公益活动。据了解，这场活动是由青海省文化和旅游厅主办、大通县文体旅游局承办的。

在青海，一路看来，真是长城热！康瑛台长带我从县城西行5公里，当刚穿过桥头镇时，眼前出现一道长长的墙体，原来这就是明代长城。我们处的这个地方为上庙村，不远处是娘娘山景区大门。

我与康瑛台长一起爬上长城，站在墙边眺望，西边是娘娘山，东边是老爷山，长城像一座桥梁飞架两山之间，海拔在2400米至4000米之间。康瑛台长介绍：“这段明长城东起大通县与互助县交界的阎王边，西止大通县与湟中县的交界处，全长50公里。”

我在现场看到，长城为夯土墙体，有山险墙、壕沟、敌台、敌楼、营城、卫所、烽火台、石墙等，而且还巧妙地与巍峨险峻的自然山体结合在了一体，易守难攻。

我问康瑛台长：“这段长城的作用？”

康瑛台长说：“主要用于防御明正德年间游牧于青海湖地区的蒙古

部族，以及明嘉靖三十八年（1559 年）从内蒙古河套地区进入青海湖地区的土默特部俺答汗部属对明西宁卫的侵扰，是西宁卫城重要的外围防御工事。”

信步于长城，感受它的建筑特色。我们边走，康瑛台长边介绍长城的建筑年代，她说：“青海省的明代长城始建于 1546 年至 1596 年的明代中叶，而大通长城是明代隆庆六年（1572 年）修筑的。从长城保存现状看，大通的明长城是青海省境内明长城中的精华，是目前已知的世界上海拔最高的明代长城遗址。”

随行的康瑛台长说，此段大通长城被专家誉为“青海的八达岭”！大通长城现已列入长城国家文化公园（青海段）建设保护计划，为三个重点县之一。

“青海的八达岭！”它虽与八达岭长城没法比，但前加个“誉为”还是可以的！因为这一段长城在青海省是最好的，又处在高海拔，这样

比喻更能引来更多的观光者！

但是，也不能不看到，大通长城有的地带遭到破坏。我爬上长城，与两位农民交谈，我向他们讲述“长城故事”，讲解保护长城的重要性，还述说现在国家启动的长城国家文化公园建设保护规划的情况。

大通长城被称为“青海的八达岭”！这就需要有人来保护。在此，我听到了长城保护员沈守兰的事迹。

大通县长宁村的沈守兰是一名普通妇女，自 2018 年担任长城保护员以来，一直守护着长城，从不远离。这是一份很辛苦的工作，需巡逻、巡查，特别是对长宁 1 号烽火台的巡护，时时刻刻不能松懈。因为鼠害、水土流失，会造成长城破损，需要及时发现、处理。除了 1 号烽火台外，她还不放松对整段长城的看管。

说到大通长城带的文化观光，要数旁边的娘娘山。在康瑛台长的劝说下，我们去往不远处的娘娘山看景。

去的途中，康瑛台长介绍，娘娘山位于大通县西侧，距县城 5 公里。娘娘山起于黑林，止于景阳川，环绕县境西南部，长 25 公里，总面积约 100 平方公里，与老爷山对峙，主峰海拔 4010 米。

我们攀登娘娘山，过半山腰著名景点塌庙台，再爬至山顶。在娘娘山山顶，我看到一座天池，水波荡漾，色彩斑斓，是西宁古八景中的“金娥晓日”。在山顶，极目远眺，南面可见西宁市幢幢高楼，北望大坂山壁立千仞。

走下娘娘山时，在塌庙台前，听到这样一个历史故事：在隋朝时代，隋炀帝不理朝政，他的正宫娘娘多次进谏，而隋炀帝听不进去，并将娘娘发配到此地，娘娘纵身跳下悬崖，人们为了纪念娘娘，因此，这个地方叫起了“娘娘山”。

在回大通县城的途中，看到长城国家文化公园（大通段）文化科普教育馆正在建设。据介绍，该馆的开工建设，将展示青海省长城的雄伟

风貌、历史沿革、文化价值，打造优质长城国家文化公园，带动地方文化旅游融合。该工程处在朔北乡山险长城的中段，规划总用地面积66亩。

大通县十分重视长城的宣传，2022 年 3 月在县博物馆举办“世界屋脊上的长城”——青海明长城主题摄影展大通分展活动，共展出了 120 幅精美的摄影作品。

门源：
油菜花海·明长城

当我刚进入青海省境内踏访长城时，看新闻得知：青海省委书记最近到门源县调研长城。

我长期走访长城，马上意识这是个新闻点，并立刻将门源县纳入我的行程方案之中。

经过了解，长城国家文化公园（青海段），已将门源明长城遗址及门源长城带的浩门古城、门源古城、永安古城遗址正式列入长城国家文化公园保护项目之中。

到达青海的第三天，我便开启了门源县的长城之行。

汽车出西宁市一路北上，向着门源县疾驶……

窗外，大片大片的油菜花展现出一幅春意盎然的美妙画卷！

天地之间，简直成了油菜花的世界，油菜花的海洋……

油菜花，春的象征，路边到处都是油菜花……

向导韩女士介绍说："门源县种植60多万亩油菜花，形成了百里油菜花海，这是青海省的一大奇观！门源县每年举办门源油菜花节，是门源县最重要的节日，今年的油菜花节规模很大，吸引了很多游客前来观光！"

油菜花美，但我的心思还在长城上。

经过跋涉，终于来到了上疙瘩村的长城遗址。在长城遗址前，我看到竖起的一块石碑，上面写着国家级重点文物保护单位：明长城（门源段）上疙瘩村二段敌台。

据当地村民说：“这段长城与我们日夜相伴，感情深厚，我们从小看着这段长城……”

在现场，县文旅部门的同志介绍说：“门源县境内的长城遗址断断续续数十公里，其中保存较好的地段有老虎口东岔内石墙长城、尖帽山至老虎口石城长城、浩门河南岸回民小区院内的浩门大通城长城及上疙瘩村长城遗址等。”

离开上疙瘩村长城，我们来到刚启动的长城国家文化公园（门源段）的“浩门古城”。顺着高高的城墙，看到城墙下的石碑，上面雕刻着“浩门大通城”五个大字。

在长城墙体前，一位当地老者接受了采访——

我说：“这段城墙保护得还不错！”

老者答：“这是国家文物，必须保护、爱护！”

我问：“浩门古城有多长历史了？”

老者答：“根据《大通县志、建置沿革》记载，浩门古城为宋神宗熙宁年间所筑，原名达南城，崇宁二年改为大通城。据史册记载，此城建筑后 210 年间，金夏曾交替占领过此城，元代沿用，明代洪武八年修复此城，屯兵戍守。”

讲完后，我向老者介绍了汉长城、秦长城、明长城各自的特点。

之后，我们驱车去“万亩油菜花海”观景台赏看油菜花。在油菜花展示台，一幅幅标语非常醒目：“爱党爱国爱门源”“爱在门源”……

太阳斜照，热浪袭来……

返程了！

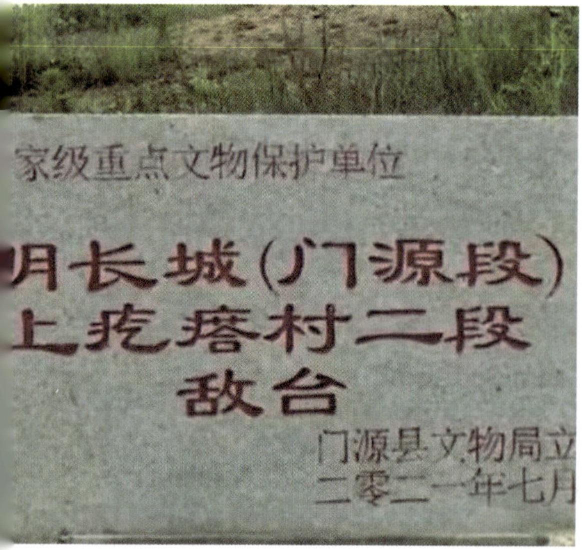

窗外，依然是满山遍野的油菜花！

脑海，仍然思索着今天的长城行！

湟中：
明长城·药水滩

湟中县紧靠大通县，我们在上新庄镇吃早点。

长城行新的一天开始了，直达上新庄长城遗址。

今天陪同踏访的为吴汉生先生。吴先生曾在水利部门工作，对青海省的山山水水比较了解。

今天又是一个大好天气，途中大片大片的油菜花在蓝天白云下显得更艳美、更亮丽！

我们走着走着，突然看到大片油菜花地的尽头，出现一道长长的土墙长城，在油菜花与长城的交会处，一面鲜艳的党旗高高飘扬！

吴先生说："那就是明长城。"

开始，我不大相信，说："那不就是一处土墙吗？"

走到土墙根下，看到了竖立的石碑，上面写着："青海明长城——湟中段。"碑的左上角有"世界文化遗产"标识。碑的背面文字为：青海省明长城是以明代西宁卫长城为主体的军事防御工程。东与甘肃省明长城相接，全线穿山越岭蜿蜒分布在青海东部，由东向西途经乐都区、互助县、大通县、湟中县及湟源县等。湟中县境内的明长城呈南北走向，南起拉脊山，北至娘娘山，全长 100 余公里，此处为上新庄长城段。

长城用铁丝网围绕，前边是大片油菜花地，飞鸟飞来飞去，好似保护着这段长城。

长城国家文化公园（青海段）建设保护重点段就包含湟中县。项目启动后，湟中县委、县政府主持召开长城国家文化公园（湟中段）建设推进会，要求压紧压实长城文化科普馆、复合廊道项目，打造长城国家名片。

湟中长城，有史文记载，明朝派名将万世德前往青海镇守，写诗曰：

五月湟中气犹冽，
天骄远遁长城窟。
三捷归来献天子，
长城如扫一尘无。

这首诗，描写了湟中的长城。

在长城前，我遇到一位村民，于是我与他交流——

我说："您生长在长城边很幸运呀！"

村民答："这段长城一直和我们当地人在一起，存在了上百年，风吹雨打，雷击电闪，长城已成残垣断壁。目前，政府部门很重视这段明长城，正在加大力度保护这段长城。"

我问："您知道全国的长城有多长吗？"

村民答："不知道！"

我问："万里长城！青海省仅有一段。"

村民答："噢……"

接着我讲了"长城故事"，从秦始皇修长城开始……之后，又讲了长城保护……

据了解，为了保护好长城，湟中县在上新庄举行了明长城湟中段抢险加固一期开工仪式。省、市、县有关领导到会。开工仪式后，省文物局领导宣布明长城湟中段一期抢险加固工程开工。

湟中县境内分布着上百公里的明长城遗存。湟中段长城始端从拉脊山二塘起，经大南川加牙滩到四营乡，形成一道蜿蜒伸长的明代长城，人们称之为明代边墙。边墙建筑用土夯筑，沟谷地方以石砌垒，高山开掘堑塘，山崖砍削笔直，峡口扼守地点置有暗门、水栅。

在湟中，目前启动的长城国家文化公园项目，包含了长城带上的一些历史建筑及自然风光，其中包含了湟中县境内的塔尔寺和"药水滩"。

湟中县长城带的"药水滩"体现了药文化，而塔尔寺体现的是佛教文化，两者都是湟中县长城带的精华。

入夜，在县里参加歌舞晚会，与广电台的同仁欢聚一堂。

晚餐中，听同仁介绍，湟中县历史悠久，除明长城外，还是古代"丝绸南路""唐蕃古道"必经之地，而最有看点的是塔尔寺，寺中栩栩如生的酥油花、绚丽多彩的壁画、独具特色的堆绣被誉为艺术"三绝"。

贵德：长城、黄河同框

贵德县，既有长城又有黄河。

在吴汉生先生的陪伴下，我们在贵德县县城探访了古城城墙。这里的古城墙即明长城遗址。

据贵德县文献记载：明代长城的附属设施有上、下暗门，又称便门，开挖于墙体上，主要用于平时交通和战时攻敌出入的小门。

贵德县明代长城上的暗门在《西宁府新志·关隘》中有明确记载："上暗门，在所西十五里；下暗门，在所西十里。二门以外，俱系番戎住牧，界连青海，有戍楼防兵焉。"《贵德县志稿》对上、下暗门的具体位置进行了详细的说明："古边墙在治西十里，黄河南，暖泉河绕于外。"

我站在贵德县明长城上，很有感慨：这段长城见证了贵德的历史！

沿着这条长城，我边走边看，不觉来到长城前的玉皇阁。

玉皇阁是明清时期的古建筑遗存，始建于明万历二十年（1592 年）。玉皇阁建筑有钟鼓楼、牌坊、亭子、长廊，壁画、彩画都很有观赏味道。

长城国家文化公园（贵德段）建设保护项目不仅仅包含长城，还包含贵德长城沿线即长城带上的风景廊道，其中有黄河清湿地公园及地质公园。

从玉皇阁下来，我们来到不远处的黄河边上的黄河清湿地公园，这里热闹非凡！与长城近在咫尺的黄河清湿地，云集了这么多的游客，欣赏贵德在黄河边开辟的湿地公园。我站在这里感触很深：黄河、长城！长城、黄河！两者同框彰显华夏风骨，而两者又同是中华民族的精神脊梁！中华民族的象征！

贵德处于黄河上游龙羊峡与李家峡之间。黄河由西向东横贯境中，长78公里，其中境内有多条支流注入黄河。黄河主河道两边支流的注入，使得贵德县水域面积增加，随之而来的沼泽和湿地成为该县的优势。

为此，聪明有头脑的贵德人开辟了黄河清湿地公园。“黄河清”，一个“清”字说明这里的黄河不“黄”。黄河，一般都认为是混浊的水，而黄河水在贵德境内有“天下至清”的美誉。

如果说景泰县的黄河石林神奇，那么贵德县的国家地质公园中的黄河土林非常神秘。

下午，我们翻越海拔3800多米的拉脊山，走进贵德国家地质公园，有一种震撼的感觉：那奇怪的山峰、山谷、山梁、山坡、山壁……仿佛进入一个神秘莫测的地带！

徜徉在山沟，我们从不同的角度观察，各处山崖呈现不同的形象，惟妙惟肖，确有鬼斧神工之妙！当经过格萨尔王拴马桩时，更有一番情趣。

贵德黄河土林地貌作为全国最为独特的旅游资源，正在开发。

黄河清湿地让人留下永久不忘的记忆！

而贵德明长城同样让人留下深刻印象！

西宁：
青唐城遗址

错温布，藏语即青海湖。

本来，在青海省采风长城，就要离开西宁市在工商宾馆办退房手续时，前台的工作人员李秀业女士说：“我们宾馆后面就有一段青唐城长城，您去了吗？”

我说：“不知道啊！”

李秀业女士讲：“我刚下班，我带您去看看！”

这时，我立即向青海文旅部门打了一个电话，询问一下。结果证实，“青唐城”不仅是长城，且已列为长城国家文化公园（青海段）建设保护项目，还包含了西宁至青海湖的风景道。

说完，在李秀业女士的带领下，我们来到长城前。

真不知道，西宁市还保留了一段古长城。

我拿出长镜头大相机正瞄准长城前的“青唐城遗址”5 个大字拍照时，旁边一位男士主动过来向我打招呼，说：“我也是个摄影爱好者！”接着与我交流起来。

我问：“为什么叫青唐城？”

答：“西宁，原来的名叫青唐城！”

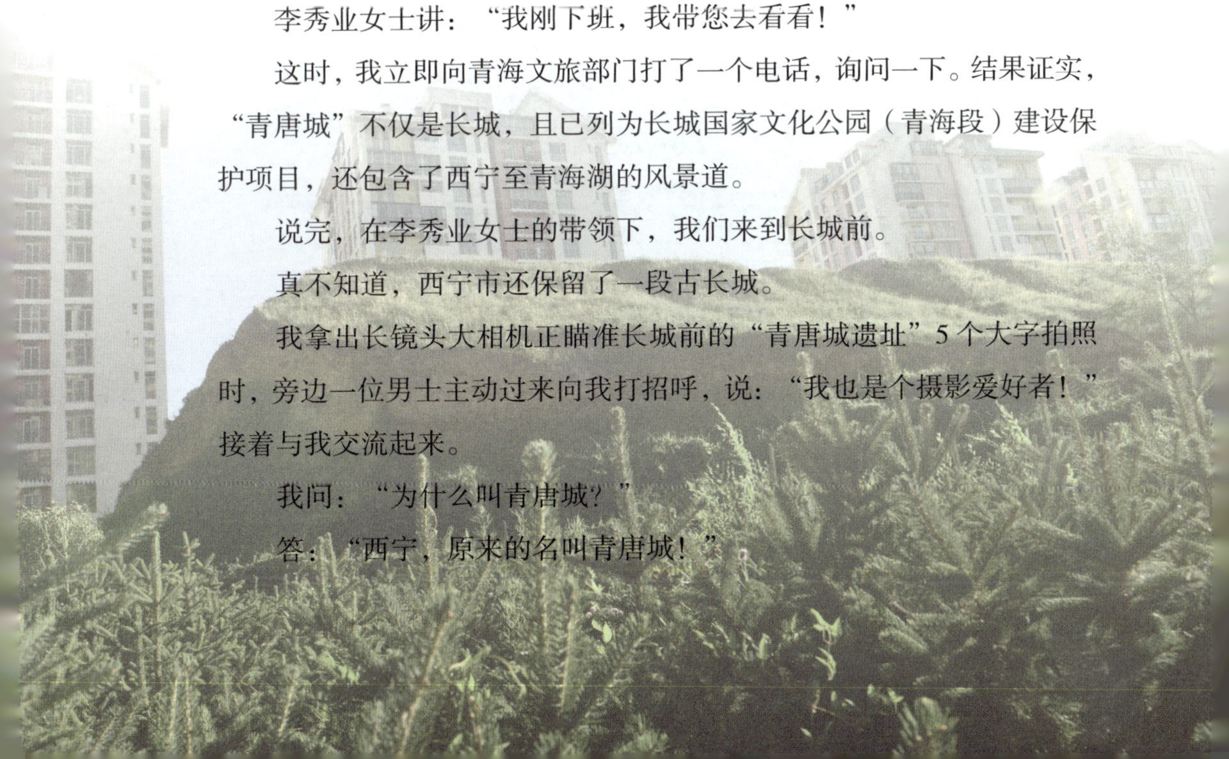

问：“有依据吗？”

答：“有啊！西宁，唐朝称鄯城，安史之乱后，被吐蕃人控制，改名青唐城。西夏国兴起，来往商队为避免战乱及重税，改走青海道，青唐城也因此成为丝绸之路的重镇。”

正在交谈中，旁边又走过一位女士，很热情，主动向我介绍，她说："历史上的青唐城建于 1034 年，宋人李远《青唐录》有载：'城枕湟水之南，广二十里，旁开八门，中有隔城，以门通之，为东西二城。'"西为"王城"，东为"商城"。

我这才真正清楚了这青唐城的历史，而且它又是丝绸之路的南道，是西去青海湖、柴达木盆地的要道。

这时，一直站在我身边的李秀业女士说："今天我和我的表妹罗小燕去青海湖，您跟我们一起去吧！沿昔日的丝绸之路去青海湖体验体验吧！"

这话，正合了我的心意。

于是，我们同行青海湖……

第九章

新疆段：天山下、塔克拉玛干沙漠中的烽燧

长城国家文化公园（新疆段）建设保护项目中国家认定的新疆长城资源共有212处，东西绵延2000公里。新疆长城主要是汉、唐长城遗址，其中唐代长城遗址达187处。被列入国家重点建设项目的有克孜尔尕哈烽燧世界文化遗产公园、尉犁县丝绸之路长城文化博物馆和轮台县拉依苏烽燧等。

若羌：米兰遗址

八百里路云和月！

经千辛万苦，在若羌县境的公路旁，见到一个木牌，上面写着刚启动的长城国家文化公园米兰遗址项目情况介绍。

看到这个牌子，从内心讲，我是很激动的，因为来到这里，太不容易了！

其实，这里是36团，并非米兰遗址。

汽车离开国道，转向往北，又上路了！

天苍苍……

野茫茫……

汽车在无边无际的戈壁沙漠行进……

这里是荒芜的死亡带……

这里是悲凉的无人区……

这里是“生命禁区”罗布泊的北边缘！

这里是塔克拉玛干沙漠的东缘！

汽车碾轧着沙石奋力前进，向着米兰、楼兰方向……

目的地是长城国家文化公园米兰遗址。

伴随着汽车的前行，陪同采访的河北援疆干部、若羌县文旅局副局长贾智棋介绍说：“长城国家文化公园米兰遗址项目刚刚启动，正处在招标阶段。我们一定要把这个国家项目做好做完美。”

汽车轮在戈壁疾驶，窗外热浪滚滚……

车行一个半小时，目光中出现断断续续的废墟，原来那就是米兰遗址。

在米兰遗址旁，首先观看了米兰遗址陈列馆。

之后，我们徒步走进大漠，登上一个土台，看到写有“米兰遗址”的石碑。

眺望前面的米兰遗址群，顿感一股热流涌自心底：

啊！这就是上千年的米兰遗址！

啊！这就是祖国边陲的历史遗迹！

啊！这就是长城国家文化公园！

米兰遗址守护员高景莲女士说：“米兰遗址是汉唐时期重要的屯田和佛教遗址。遗址中有古城、佛寺、佛塔、烽火台及古灌溉渠道等遗存，保护范围45.6平方公里。公元前77年，楼兰城邦改名为鄯善，城邦南迁，此地逐渐成为古代丝绸之路南道上的重镇，成为东西方经济文化交流的枢纽。公元8—9世纪，西藏吐蕃势力北侵，在此修建城池建立控制塔里木盆地的军事据点。该遗址对研究古代西域史以及屯田史、佛教史等方面具有较高的历史、艺术、科学价值。”

走下土台，我们继续沿遗址群前行。

高景莲女士带我们一边走一边介绍。她指着遗址群说：“刚启动的长城国家文化公园米兰遗址项目，从内心讲，对于我这个守护员来说很激动，因为项目启动后，会将遗址保护得更好。”

我问：“现在米兰遗址上的烽火台保存得完好吗？”

高女士介绍：“米兰遗址上的两座烽火台均已残塌，一座在戍堡西南1.8公里处，另一座在戍堡东北2.5公里处，全部为土坯筑成，均为方形。这两座烽火台同戍堡遥遥相对，组成了防卫设施，相互扼守。”

我问：“请再详细介绍一下米兰遗址的具体布局吧！”

高女士讲：“看看眼前的黄沙中的城墙、塔洞、土台、古堡、陶片、碎瓦、残壁……这都是闻名遐迩的米兰遗址上的存留物。米兰遗址是新疆境内保存较为完好的一处汉唐时期的重要遗迹。目前，在此发现的文物遗址中保存较完整的共有15处。此外，还有居址、窑址、冶铁遗址，这些遗迹大体上以戍堡为中心，地表散布有陶片、残破的石磨盘、小饰件、铁器等遗物。从现有的考古资料和相关的文献记载来看，米兰文物遗迹可分为两个阶段，早期的为公元3—4世纪的遗存，晚期的为隋唐时期吐蕃势力渗入西域后所遗留下来的，这里直到9世纪后才逐渐荒废。”

米兰遗址有翔实的历史资料，高女士介绍，据《汉书·西域传》的记载，傅介子刺杀楼兰王后，汉朝另立尉屠耆为楼兰王：“身在汉久，今归，单弱，而前王有子在，恐为所杀。国中有伊循城，其地肥美，愿汉遣一将屯田积谷，令臣得依其威重……”

据高女士讲解，米兰灌溉渠道的发现证明这里是一处屯田生产地。米兰是汉代鄯善的伊循城，是鄯善国政治、文化的中心区域，又是自敦煌沿疏勒河通楼兰、沿昆仑山北麓西行的丝绸之路南道上的重要要冲。

经过一段时间跋涉，我们来到米兰遗址的一个高台，只见一座圆形的土塔拔地而起。

我问：“这是什么建筑？”

高女士答：“佛塔！这是米兰遗址的标志性建筑！也可以说是米兰遗址的标志、符号和名片。”

我问：“这里还有佛教建筑？”

高女士说：“是的！这里的佛教遗址很多，玄奘曾经路过这里，并在此讲学佛教……”

正在讲述中，中国生态旅游集团有限公司副总裁傅梦麟一行 4 人也赶来考察，他们是在这里考察旅游项目的。

于是便与傅梦麟团队在一起共同采风。

高女士说："目前米兰遗址还没有对外开放，只有经过批准才能进来。傅梦麟团队也是经过审批进来的。"

这样，高女士带领我们两班人进行参观。

接着，高女士又带领我们去大殿遗址、米兰古城戍堡、东大寺等遗址查看。

行走中，恰遇楼兰遗址的守护员麦麦提·麦麦提明，他向我们介绍了他在楼兰古城遗址守护的日日夜夜……

楼兰遗址处在米兰遗址的北部，它同米兰遗址一样，有着重要的保护价值。

罗布泊：
大漠戈壁中农家炕头的“长城故事”

走进与“河北援疆干部结对子”的铁干里克镇果勒吾斯塘村，在音乐世家巴拉提·巴克家的炕头上，我有幸受邀讲述“长城故事”而倍感高兴。

炕头上不断响起阵阵掌声……

这是河北援疆干部与村民共同举办的一场异乎寻常的联欢晚会，把长城故事会不断推向高潮……

主持联欢晚会的若羌县委办公室主任王喜强对在座的村民说：“我们能邀请到中国新闻界最高奖‘长江韬奋奖’获得者、全国百佳新闻工作者，这是我们的荣幸！”

其实，对于我来说，并没有什么，我只是结合自己行走万里长城的采访经历、采访体会，说一说长城沿线一个个事例，特别是沿长城一线我军抗日的英勇事迹，为边疆少数民族群众送上一堂“长城大餐”。

长城，是中华民族的脊梁；长城，是中华民族百折不挠的民族精神象征！目前国家启动的长城国家文化公园项目，是党和国家的一项战略措施，而新疆的烽火台纳入了长城国家公园建设保护规划，这是新疆人民的骄傲！

沿万里长城采风，我重点展开讲了崇礼冬奥会、喜峰口抗战歌曲《大刀进行曲》诞生地、平型关抗日大战、山海关孟姜女哭长城、黄崖关 12 名寡妇寻丈夫等故事……

“听了王老师讲的长城故事，非常感动，深深感到万里长城把各族人民联系在一起，成为钢铁长城，不容外界任何形式的侵犯、破坏。新启动的长城国家文化公园项目更加坚定了民族团结、共筑中国梦、跟党走的决心。”户主巴拉提·巴克动情地说了一番话。

王喜强主任听了长城故事热泪盈眶，他感谢党和国家启动的长城国家文化公园项目延伸到祖国的边疆，筑起民族团结的钢铁长城！

河北省邢台市援疆工作前方指挥部指挥长、若羌县委副书记孔军峰说：“我们河北的长城与新疆的长城千里迢迢一线牵，特别是果勒吾斯塘村是我们援疆干部的重点帮扶对象，我们要用好援疆政策资金，扶持特色枣业，推动乡村振兴。”

河北援疆干部、若羌县文旅局贾智棋、邢台援疆前方指挥部秦朋等人纷纷发言。

据介绍，河北援疆干部在若羌县紧紧围绕新疆社会稳定和长治久安总目标努力工作。目前在若羌的援疆队伍有 64 人，其中有援疆医生、教师、专业技术人员、干警等。我们这批援疆队伍，可以说付出了很多心血和汗水，为新疆地区的发展与稳定贡献了各自的力量！

长城故事联谊会一直延续到晚上 10 点多钟，高潮迭起……

大家一起高歌《歌唱祖国》，一起跳舞。

载歌载舞，唱出乡村振兴，唱出幸福生活。

舞步优雅，激情满怀。

弹奏的悠扬曲调，回响在巍巍昆仑山脉……

歌声，飘荡在塔克拉玛干沙漠……

这一天，安排得满满当当，过得很有意义。

上午，我们参观了吾塔木烽火台。

吾塔木烽火台位于若羌县羌河西岸，外观呈一层台形平顶圆土包状，残高 11 米。此烽火台建于汉代，保存尚好。

踏访烽火台后，我们在吾塔木乡干部排日代女士的引领下，参观了果勒艾日克村的千亩枣林。

下午，参观了若羌县楼兰博物馆。

若羌，古称楼兰，是丝绸之路南北两道的交会点以及文化交融汇聚地，是世界历史文化长河中熠熠生辉的璀璨明珠，悠久的历史文化和灿烂的古代文明使若羌具有“历史文化长廊”的美称。

楼兰博物馆记录了我国科学家对罗布泊地区自然与文化遗产综合科学考察经历，展出了大量对楼兰遗址的科考发现、文物珍品。

和田：顺塔里木盆地南沿访墨玉烽燧

巍巍昆仑山北麓下，茫茫塔里木盆地南沿，东西走向的315国道经过这里。这条国道从若羌、且末、民丰、于田、和田、墨玉穿过，可以说是一条玉石之路，因为沿途每个县都产玉，尤其是和田玉名扬国内外。

这次远行看似去和田，实际是去墨玉县。墨玉县长城国家文化公园（墨玉红白山烽燧）被列为长城国家文化公园（新疆段）重点保护项目。

从若羌出发西行，沿途人很少，偶见赶毛驴车的维吾尔族群众逍遥自在地前行，或唱在车上，或睡在车上……这里的风光很美，北边苍茫的塔里木盆地中的塔克拉玛干沙漠，耸立的石油井架支撑着天际，南边巍峨的昆仑山脉开采玉石的矿井连着蓝天，脚下流过滚滚的河水。

从若羌出发，车很快就到了且末县。

且末是古代西域三十六国中的且末国的故都，处在浩瀚的塔克拉玛干沙漠之中，周围被滚滚的黄沙环绕，固有沙海蜃楼之说。到一趟且末太不容易，无论从库尔勒还是从和田出发，要走上千里的沙漠路程。

在且末县国土资源局援疆干部的陪同下，我参观了托乎拉克庄园和且末古城。

托乎拉克庄园在县城西北3公里处，解放前是地主庄园，其院落很

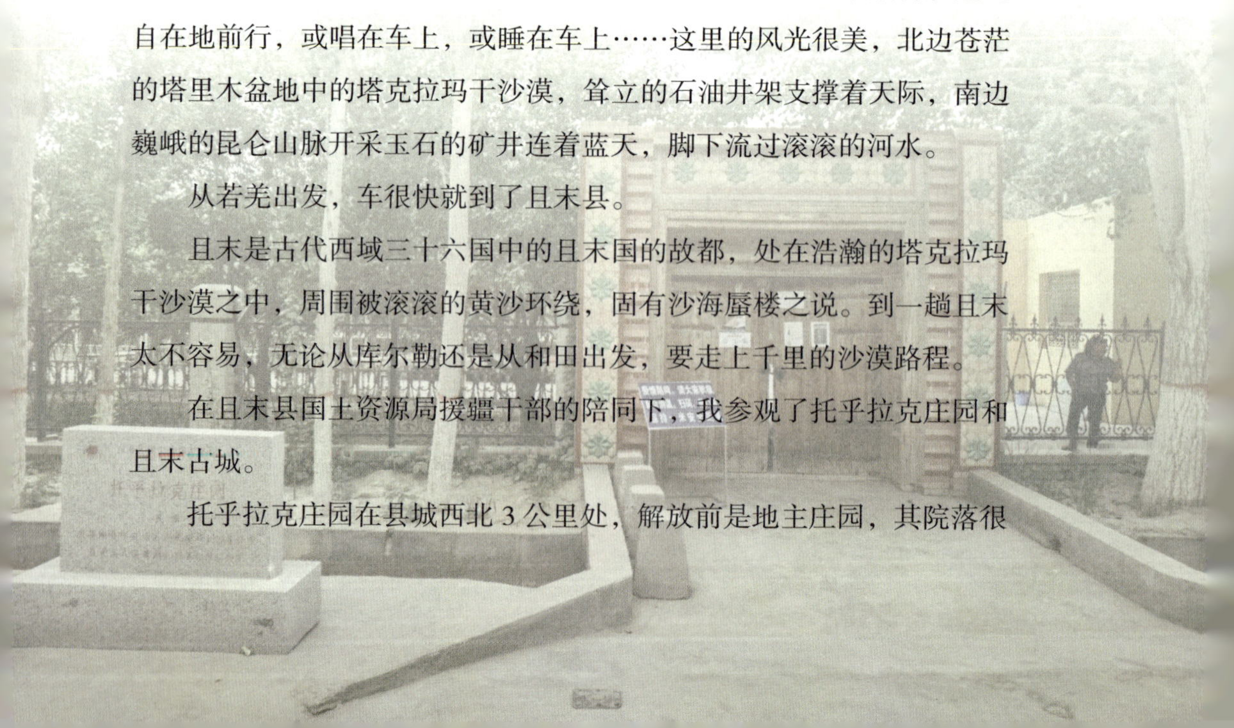

小，但房屋很大，外表是黄色的泥土覆盖，内部建筑十分精美。屋内放有一竖箜篌，由内音箱、颈、弦干组成，长 61.6 厘米，制作于公元前 500 年。

且末古城在县城西的沙漠之中，城的遗址散落着许多陶片、石砖、木桩、残瓦等。

因时间充裕，我们又来到且末来利勒克遗址看陶片。整个遗址沿车尔臣河古河道分布，东西宽 30 公里，南北长 63 公里，总面积达 1890 平方公里，为春秋至中唐时期（公元前 770 年至 8 世纪）遗址。遗址区域内沙层地表随处可见古代遗留的大量陶片，以手制的红褐色和灰褐色为主，陶片散布最密集处每平方米达 116 块，实为少见。

从且末沿塔克拉玛干沙漠边沿西行去民丰县再到于田县，然后我又从于田县顺克里雅河南行 100 公里来到普鲁村。

我从于田县到了和田市，走进了石头市场，当地人叫石头巴扎。我的天，满街的石块，有黑色的、绿色的、白色的、灰色的、红色的，有大的、小的、方的、圆的，有成堆的、成串的、成袋的，比比皆是，简直是石头的海洋。

和田是产玉的地方，自古美玉出和田。和田古称“于阗”“和阗”，藏语意为“产玉的地方”，而所辖和田、皮山、墨玉、洛浦、策勒、于田、民丰 7 县，县县产玉，实为“玉的王国”。

我从和田市继续西行，站在墨玉河边休整。

墨玉河又叫喀拉喀什河，紧靠墨玉县城。只见不少群众站在河边将拾到的石块装进提包，还有的干脆挽起裤脚下水，耐心地摸石块。人群间不断有喊声：“玉石，上乘的玉石！”墨玉河盛产墨玉，说不准捡一块墨玉，一不小心发个大财，很多人都是抱着这种思想捡石块的。

我走在河边，脚下乱石滚滚，但自己是玉盲，根本分辨不出哪块是玉石，哪块不是玉石，算是凑凑热闹吧，体味一下找玉人的感觉。

过墨玉河，又走了一段路程，又是一条滚滚而下的河流。这条河叫白玉河，又叫玉龙喀什河。在河边，同样看到许多人在捡石块，而且比墨玉河边的人还多。据介绍，白玉河盛产白玉，墨玉和白玉都是和田玉的上乘玉石，白玉河要比墨玉河宽得多，水也流得急，但还是有不少“玩儿命者”跳进河里去发“玉”财。

在河边，不少当地人拿着石块叫卖，外地人不识货，一不小心就上了石头当。据悉，白玉河和墨玉河最终汇合成和田河。墨玉县不仅产玉，还是树之王国。在墨玉县阿克萨拉依乡有一棵梧桐树长了 1200 多年，其树高 30 米，树围 9 米，树冠覆盖面积 1.5 亩，被誉为梧桐王。此地，还有一棵古核桃树，树洞可以钻进一个人。

在墨玉县看了玉，大长见识。而墨玉县长城国家文化公园（墨玉红白山烽燧），则是我的主打采风内容。烽燧即烽火台，是新疆地区的称谓，它是古代军情报警的一种措施：敌人白天侵犯时就燃烟（烽），夜间来犯就点火（燧）。

墨玉红白山烽燧处在红白山山顶，距墨玉县城 180 公里，而且处在塔克拉玛干沙漠之中。

180 公里！穿行在塔克拉玛干沙漠，困难可想而知！

沿着世界第二大沙漠……

碾轧着沙丘、沙滩、沙石……

沙漠行车，风向不定。

逆风，阻力增大车速减慢……

顺风，车头起尘遮挡玻璃……

经过艰难长途跋涉终于到达目的地。

红白山，是根据山体的颜色而命名，一白一红，非常分明。

红白山又称麻扎塔格山，唐代称神山，吐蕃时期称薪山，宋代称通圣山。红白山海拔1570米，东西长90公里，占地面积700平方公里。

站在沙丘上眺望，可见山顶上的红白山烽燧，此为唐代古戍堡遗址。

向导张先生介绍：“红白山上发生了许多有重大历史意义的事件，很值得我们去探访寻秘。这里出土了多种古文物，是文化之旅、沙漠之旅、探险之旅的绝佳选择。”

烽燧遗址居高临下，使这座汉唐古堡，起到防御作用。据了解，红白山烽燧为全国重点文物保护单位。

返回墨玉县城，马不停蹄，又去扎瓦乡阔坎村西塔吾尕孜水库堤坝西侧沙漠中的扎瓦烽火台。

爬到山丘上的烽火台，看到周围是沙漠、戈壁、滩途及沼泽地，满地的芦苇、青草、野花。

细细观察，扎瓦烽火台遗址为泥土夯筑，为五边形，其东北角、东南角、西南角已坍塌，现辨认的夯筑层有 31 层，总高 4 米，可惜台顶及台阶已毁。

和田，长城带上浓厚的玉石文化之城！

墨玉，长城烽燧（烽火台）犹存！

轮台：
走塔克拉玛干沙漠探寻拉依苏烽燧

汽车淹没在茫茫的大漠中……

塔克拉玛干沙漠无边无际……

从和田市去轮台县，那里有河北的援疆干部等我去上党课。

我离开和田市后又返回民丰县，再走一次沙漠公路，这里是沙漠公路南端的起点，上一次 2007 年我是从北端 0 公里起点出发的。

为什么去轮台县？2021 年，“轮台拉依苏烽燧”及“西域都护府遗址”被国家列为长城国家文化公园（新疆段）建设保护的重点项目，因此，这次长城行的重点行程不能少了轮台县。

正当我欣赏沙漠公路时，前边出现一辆越野车，原来是迎接我们的轮台县河北援疆干部、轮台县委组织部副部长李睿和轮台县博物馆馆长唐羽岚女士，还有河北援疆干部、巴州博物馆的王文丽。

汽车又启动了……

陪同采访的李睿副部长说：“河北援疆干部非常重视当地长城国家文化公园的建设，巴州党委组织部副部长、河北省援疆工作前方指挥部组织人事处负责人袁远昨天反复嘱咐我，要配合好这次长城的采访活动。因为轮台县刚刚启动这个项目。”

接着，李睿又说：“袁部长包片蹲点负责轮台县这一块的组织工作，他经常来轮台县指导组织工作，因此这次对长城采访非常重视。”

我与李部长一边交流长城国家文化公园建设，一边谈河北省的援疆工作。

汽车接着又在塔克拉玛干沙漠行驶……

一个多小时，目光中出现一排红旗和纱网覆盖的沙坑，原来，这就是西域都护府遗址挖掘现场。

我正要进挖掘现场，却被阻挡。经询问，这里不允许参观，不允许下坑，只能看看外观。

在开挖现场，轮台县博物馆馆长唐羽岚女士指着眼前的开挖遗址说：“我们看到的就是轮台县的西域都护府遗址，这是个重大发现！”

据了解，目前考古部门对轮台县境内的西域都护府遗址进行考古发掘，现在一边挖掘，一边研究古城遗址，此处可能为汉晋时期塔里木盆地北沿一处最高等级的中心城址。

穿城又走了半个多小时，公路边出现一片脚手架、挖掘机、吊机。旁边立有一个非常醒目的木牌，上边写着“巴州拉依苏长城国家文化公园”。

原来，这就是轮台县长城国家文化公园建设工地。

木牌上内容显示此项目法人单位为轮台县文化体育广播电视和旅游局，项目建设内容为“新建长城标志性博物馆 1925 平方米”。

站在木牌前，隐隐约约看到了远处大漠中的土台。

但没有路，只能徒步前往。

于是，我们四人迈开双脚徒步在大漠中……

脚下，沙漠飞尘……

眼前，沙丘连绵……

此时，我真正领会了“大漠孤烟直，长河落日圆”的味道！

我们大约在沙漠中走出 6 里地，终于到达目的地。

太让人惊叹了：这是新疆最壮观的长城烽燧！

面对烽燧，轮台县博物馆馆长唐羽岚女士介绍说："这是拉依苏烽燧，为唐代遗存。土台平面呈方形，立面为梯形，基底宽约 7 米，存高 14 米。"

我们依依不舍地离开了烽燧，又迈开双腿，来到了一座古城遗址，唐羽岚女士说："这是拉依苏遗址，内遗物丰富，有铁犁铧、铁镰、石磨等生产工具，铁刀、铁镞等兵器，陶器、铜饰、汉龟二体钱和开元通宝等遗物。"

之后，我们继续前行，大约走出半里地，又出现一座烽燧。

唐羽岚女士说："这也叫拉依苏烽燧，为汉代遗存，台平面略成方形，边长 7 米，存高 8 米。"

看完两座烽火台，我们来了附近的哈尔巴克乡，乡名为维吾尔语，意为"茂密的果园"，以果园众多、果树茂密而得名。

在这里，轮台县委副书记、沧州市援疆指挥部指挥长霍世喜，哈尔巴克乡党委书记吕甲兵，哈尔巴克乡乡长外力·吐尔地迎接我们。霍书记说："我们河北的援疆干部大力抓这里的乡村振兴，为百姓谋幸福，为边疆做贡献！"

说完，他们带我们去一家农户午餐，户主人叫伊卜拉伊木·艾力，家中养了 100 多头牛、200 多只羊。午餐中，我特意为农户全家讲了"万里长城"的故事。

餐后，户主全家人热情欢送并希望我明年再来家中做客。

我们参观了梨园、葡萄园。

夜幕降临，日落西山。

返程中，汽车消失在茫茫的塔克拉玛干沙漠……

焉耆：玄奘取经经过之地

清晨，汽车在库尔勒市穿行，我要去往焉耆县采风长城。

库尔勒，是我非常熟悉的地方，再加上巴州是河北援疆干部的对口城市。何况，去年我刚在这里为援疆干部上了“走好新的长征路”党课，昨天又在这里讲了一课，旧地重走，心情愉悦。

今天是个好天。窗外，那孔雀河水，那荡漾的碧波，那波动的倒影，那岸边的绿草，盛开的鲜花，展现出一幅优美的孔雀河画。

途中，看了铁门关，汽车消失在大漠戈壁……

一望无际的沙滩，座座烽燧、道道关垒、个个戍堡，那都是被国家认定的长城防御体系。

在漫长的长城中，其中就有我们眼前的焉耆县长城。

陪同采风踏访的巴州党委组织部副部长、河北省援疆工作前方指挥部组织人事处负责人袁远说：“河北省援疆干部，十分关注重视长城国家文化公园的建设和保护。长城是祖国的脊梁，我们援疆干部愿意成为祖国新的长城，也能够成为祖国新的长城！”

说话间，我们看到山顶上有一座烽火台。

在焉耆县文物所所长徐卫胜带领下，开始爬山，冒着高温，迈开双

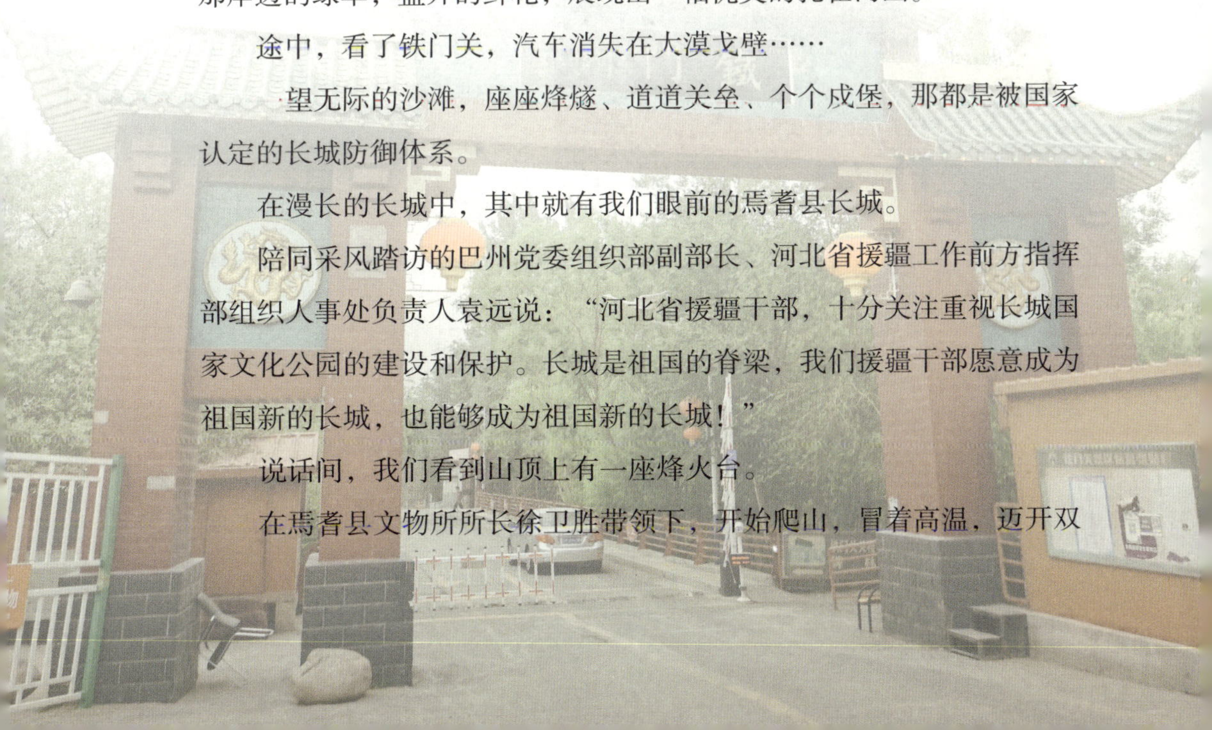

脚攀登……

山势陡峭，没有路，途中有热死的动物，一路十分艰难。

一边走，徐所长一边介绍，他说："长城国家文化公园（新疆段）建设保护方案中，国家认定的新疆长城212处，分布10个地州市、40个县市区和建设兵团的5个师的9个团场，东西绵延2000公里。长城集中在汉唐两代，唐代长城达187处。其中焉耆县有7座烽火台长城。"

经过攀登，我们终于爬到了山顶，站在了烽火台前。

徐所长介绍："这叫七个星千佛洞烽火台，这个地方是玄奘取经经过之地，而且玄奘在这住了一夜……"

看了七个星千佛洞烽火台，我们接着驱车在大漠戈壁中又去考察了两座烽火台。

而且每座烽火台都立了"长城"字样的石柱。

在烽火台山下，我们还参观了玄奘曾经住过之地和七个星佛寺遗址和博物馆展厅。

七个星佛寺遗址处在焉耆县七个星镇西南部、霍拉山东麓，始建于东晋，沿用至宋元，被国务院列为全国重点文物保护单位。

我在现场看到，遗址由地面寺院建筑和石窟组成。徐所长介绍：“寺院残存大小建筑 93 处，以遗址中部的泉水为界，分为南、北两大部分。洞窟现存 11 座，形制分为两种，一种为丛券顶单室窟，另一种为前后室的支提窟。”

之后，我们参观了博物馆。展出的最精华部分为古焉耆文、壁画和彩绘泥塑。在展厅，徐所长讲：“最近，新疆维吾尔自治区主要领导在此参观时很认真、细致，而且大大超出了原定的参观时间。”

最后，我们来到了穿越焉耆县境的开都河。开都河俗称通天河，极言河之阔，上通天山之意。《西游记》第四十七、第四十八、第四十九回讲述的就是唐僧路过开都河遇阻的经历。

唐贞观三年（629 年），玄奘法师奉唐太宗之命前往天竺求取佛经，由长安城起程，从凉州出玉门关，一路跋山涉水，历尽千难万险。一日来到焉耆境内的开都河畔，只见河宽 30 余丈，浊浪滚滚，概无舟桥，无法渡过。可见开都河丰沛的水量可以追溯到唐代。

天色已晚，夕阳已下。顺霞光观看博斯腾湖：波光粼粼，万顷细浪，浩渺水域，五彩光束，十分壮丽。

走出开都河，思绪万千，我们相信，随着祖国西部开发的浪潮，明天的焉耆将会更加美好！

尉犁：
长城烽火台·达西村·罗布人家

汽车在空旷的世界第一大漠行进，向着尉犁孔雀河烽燧（烽火台）进发……

今天陪同采风踏访的仍是巴州党委组织部副部长、河北省援疆工作前方指挥部组织人事处负责人袁远及河北省援疆干部、巴州博物馆的王文丽。

尉犁县的烽火台被列为长城国家文化公园（新疆段）重点建设保护项目。

对于巴州的长城国家文化公园项目，巴州党委副书记、河北省援疆工作前方指挥部指挥长徐付军在接受采访时说："长城是中华民族之根，长城是中华民族之魂，我们河北的援疆干部非常重视巴州的长城国家文化公园的建设，要尽心、尽力，积极落实上级的指示精神！"

一个多小时的车程，公路边出现一片建筑工地。吊车高挂，机车轰鸣。原来，这是尉犁县刚刚启动的长城国家文化公园建设保护项目。

我们走下汽车，在这里迎接我们的河北省援疆干部、尉犁县委副书记李书申及河北省援疆干部、尉犁县组织部副部长宫红梅，带我们参观项目现场。

李书记指着吊机对我们介绍说："尉犁县长城国家文化公园项目名称为巴音郭楞蒙古自治州尉犁孔雀河烽燧群遗址保护利用项目，项目建设选址在尉犁县玉屏湖西，项目建设区占地面积为 180 亩。建设内容包括丝绸之路展区及长城文化博物馆、长城模拟烽燧群及驿站传书、雄关、戍堡等。项目投资金额 1 亿元。"

说完后，我们一起驱车前往烽火台。

汽车在大漠戈壁上行车一个多小时，眼前突然出现一座巨大的土堆，这就是我们要看的烽火台。

徒步到烽火台，站在烽火台，心潮翻滚，热血沸腾……

面对烽火台，李书记介绍说："这是孔雀河岸烽燧群 11 座烽火台中的一座，名为孙基烽火台，位于尉犁县兴平乡喀拉洪村东 21.5 公里。海拔 868 米，距孔雀河 10.8 公里。孙基烽火台结构复杂。烽火台为土坯建筑，呈直角三角形，底部南北长 18 米，东西宽 10.8 米，残高 7.3 米。该烽体有内体和外体两部分：内体为数层土坯夹一层芦苇的砌筑方式垒砌的，近顶部见一些横置的圆木；而其中心部则为一层沙石土一层芦苇的筑法，苇层与土坯层的苇层相接。"

该烽火台为全国重点文物保护单位，是孔雀河烽燧群中的其中一座，年代为汉晋时期。

回到县城，我们又到博物馆听讲解。讲解员介绍了通向罗布泊中心的 11 座烽火台位置及详细情况。我与袁部长还探讨了烽火台的年代。

没想到博物馆镇馆之宝竟是一根直径 30 厘米粗、10 多米长的中药材甘草树，这恐怕在世界上是少见的，在场的人都感到惊奇。讲解员介绍，尉犁县野生甘草资源十分丰富，素有"国宝"之称，含有多种微量元素，特别是它的抗肿瘤、软化血管、消炎等药用价值，有广阔的开发前景。

两位河北援疆干部带我们参观博物馆后，还特意去了达西村。

达西村展览馆一侧写着“河北援建”字样，展厅用照片、实物、录像，展示了达西村从穷变富，到乡村振兴的全过程。

接着，我们又去达西村参观村街、村舍、村貌。

最后我们去罗布人家，了解罗布人的生活变迁。罗布人所住的村寨位于尉犁县墩阔坦乡，这是我第二次去。

路上，据司机介绍，尉犁县尽管有库鲁克山岩画、都拉里古城、渠犁烽燧、营盘遗址等，都是可考察的地方，但罗布人村寨是最具吸引力的参观和调研之地。

尉犁县城距罗布人村寨约 35 公里，沿途全是沙柳、白杨等绿色行道树。再向远处眺望就是黄沙、野草、蓝天，此时我油然想到了唐代边塞诗人岑参的诗句：“黄沙西际海，白草北连天。”

罗布人家到了，好似一个古老的村寨，真是世外桃源。塔里木河流水哗哗作响，连接塔里木河的湖泊平静如镜，河中罗布人划着木舟缓缓

移动。河南岸是一个巨大的沙丘，那是塔克拉玛干沙漠的北缘，一间间茅草房坐落在湖边河沿，一峰峰骆驼休闲地卧在沙地上，这就是罗布人家居住的地方。

休息时，我们坐在罗布人家的炕头上，听罗布人讲述他们的过去。罗布人是维吾尔族的一个支系，古时候生活在罗布淖尔水边，有1000多人，过着"结庐为室、捕鱼为生"的原始生活。

从文字记载中可见，罗布人与世隔绝，没有文字，只讲自己的语言，没有耕作，只是以捕鱼为生。岁岁年年，直到1757年才被发现并定名罗布人。后来罗布人感染天花，四处流亡，一些到洛甫，一些到铁干里克，一些到南草湖地区，剩下的70多户转到墩阔坦，建立罗布人村寨，

这就是罗布人的历史。

从罗布人的言谈中，可以看出他们粗犷、善良、忠厚、诚实且善歌善舞，幽默风趣。罗布人个个长寿，百岁老人比比皆是。

罗布人好客，在炕头摆了烤鱼，其味道鲜美，让人回味无穷。原来，罗布人村寨“喀尔曲尕”意为“拥有雄鹰的地方”。饭间，主人介绍：“我们饱经沧桑的罗布人原住罗布泊，雄鹰为伴，结庐为屋，捕鱼为食，后因塔里木河、孔雀河改道，罗布泊干涸，不得不迁居此地。这里的野生甘草非常多，达上百万亩。罗布人长寿的秘诀除食鱼外还有泡甘草水喝的习惯。与甘草并生的还有遍地野生罗布麻，被誉为尉犁县的‘野生纤维之王’。”

和静：
天山深处烽火台、夏尔沟城堡

汽车盘旋在崇山峻岭之中，向着天山深处的和静县阿拉沟乡前行……

我们是清晨从库尔勒市出发的。全程陪伴采访的仍然是河北省援疆干部、巴州博物馆的王文丽主任。

天山下草原上的座座蒙古包出现在窗外……

出发前，巴州党委组织部副部长、河北省援疆工作前方指挥部组织人事处负责人袁远反复强调说：“今天要去的地方道路遥远，且海拔较高，许多路段因大雨袭击塌方严重，千万注意安全！”

汽车在坎坷的山路上行驶，许多岔路口已经封路禁止通行。

行车中，带领我们踏访的和静县文物局的潘巾屯对我们说：“今天去阿拉沟要凭运气了，说不定在哪处路段被卡，我们要做好充分的思想准备。”

山路弯弯，坎坷不平。

正说着，前边出现三岔路口，当汽车右转阿拉沟方向时，一道横梁横挡路口，禁止通行，两边各有一名警察把守。经文物局的潘巾屯反复交涉，值守才放行。

行车过程中，沿途查看了路边唐代时期的两座烽火台，之间相距不到 10 米，一座名为查汗通古东烽火台，另一座叫查汗通古西烽火台。像这种两烽火台近距离相对而立的不多见，被称为“双烽火台”。

汽车在坑坑洼洼的路上行驶，车过蘑菇之乡的海拔 3000 多米的“奎先达坂敖包”山顶，道路更加坎坷难行，而窗外的雪山、峰峦、草甸、野花、溪水一路相随……

风光无限，尤其是白色的蒙古包，把大自然点缀得非常漂亮，十分惬意……

行车 4 个多小时，突然，目光中出现了写有“阿拉沟”字样的一块巨石——阿拉沟到了！

我们沿着阿拉沟长城文化风景道边走边看。只见那一座座破败的兵工厂厂房，一片片唐代古堡旧址，一处处巨石岩字，一段段老旧的火车道，一座座古旧的烽火台，让人怀旧，令人感叹，叫人思索……

阿拉沟乡纪委书记、蒙古族干部巴都马拉向我介绍说：“阿拉沟处在和静县的最东部，与吐鲁番地界相连。阿拉沟西起奎先达坂，东到巴州边界，整条沟长 100 多公里，宽 50 米，是一条弯弯曲曲的山沟，最

窄处只能过一辆车，有‘一夫当关，万夫莫开’之称，沟内有石垒烽火台、夏尔沟城堡等，这里曾经有好多军工厂，曾生产军工产品，现在已废弃。”

在阿拉沟，我们重点参观了长城文化风景道中的夏尔沟城堡。现存的长城不仅仅是墙体，还包含了烽火台、古城堡等。

站在夏尔沟城堡遗址，只见三面城墙倒塌，残垣断壁，一片散落的砖瓦，城址几乎夷为平地。大自然的风风雨雨，已将这座上千年的古建筑变成废墟……

陪同采访的和静县文物局潘巾屯、阿拉沟乡纪委书记巴都马拉，就当前启动的长城国家文化公园（新疆段）“和静县阿拉沟长城文化风景道”夏尔沟城堡的保护讲解了可行性方案。

之后，我们去阿拉沟乡政府采访乡党委书记张海涛关于乡村振兴的方略，深入阿拉沟乡夏尔尕村牧民布鲁盖女士家中了解他们祖上带领十几万人浩浩荡荡东归的前前后后……

在此，我讲了很多与长城有关的故事。

回程中，在和静县县城参观了“民族英雄渥巴锡”雕像，向河北省援疆干部、和静县文旅局副局长李昊鹏了解和静县援疆干部的工作情况……

当我们回到库尔勒市时已是月亮高挂、星光灿烂、灯火阑珊……

烽火台之最：克孜尔尕哈烽燧

世界文化遗产克孜尔尕哈烽燧被列入长城国家文化公园（新疆段）重点建设保护工程，为此，这次新疆踏访，克孜尔尕哈烽燧是行程中的重中之重。

按理说，克孜尔尕哈烽燧是库车人人皆知的一个著名烽火台。因为在库车市，最引人注目的是街道、画廊、饭店、宾馆等，贴挂着很多克孜尔尕哈烽燧的图画、照片，将这个古遗址宣传得淋漓尽致……

然而，就是这个人人皆知的烽火台，却在我踏访中出现差错，走了冤枉路。

这一天，是一位熟人联系的汽车，并非出租车。我一上车，就明确告知司机，我要去“克孜尔尕哈烽燧”。

司机是黄先生，半个小时车程，把我带到一座烽火台前，并说了一声“到了”。

我一看，一下子愣了：这仅仅是一个小土堆啊！与克孜尔尕哈烽燧相比，差距太大了！

我马上告诉黄先生，不是这个烽火台！

后来，我又想：既然来了，就看一下吧！

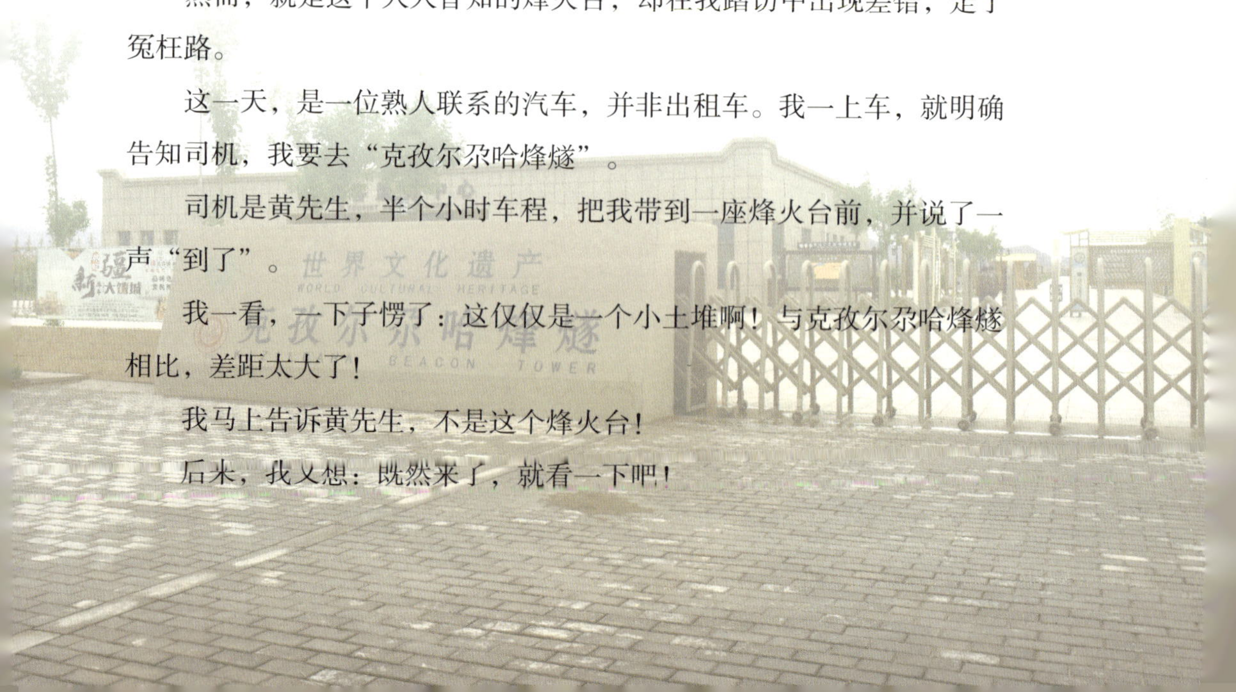

当我看到土堆前的石碑，这确实是一座地地道道的烽火台！

然而，碑文字体已模模糊糊，读起来连不成句子。

这时，我勉强把文字凑在一起，大致如下：库车阔空巴孜烽火台位于伊西哈拉镇科克拱拜孜社区北部，为汉唐时期建筑。烽火台底部边长30米，顶部东西长10米，南北宽6米，高11米。为汉唐时期建筑，该遗址是丝绸之路古道上的长城防御体系中的一个重要组成部分。

显然这是个很一般而且没有名气的烽火台。

之后，我们上车，直奔“克孜尔尕哈烽燧”……

这次，黄先生慎重了，并使用了导航。

黄先生是维吾尔族，他一句汉语也听不懂。

我一再强调去“克孜尔尕哈烽燧”，需要怎样导航。我告诉黄先生，导航至目的地“克孜尔尕哈烽燧”。一般人都认为：“烽火台”就是“烽燧”，“烽燧”就是“烽火台”，而行车中黄先生就导航“烽火台”，结果一下子跑出200公里以外，一直走到了阿克苏地区，怎么也找不到这个地方。

后来，我又直言，不要导航到“烽火台”，要导“烽燧”，这才对路。

一词之差却导错了，走了冤枉路。其实，“克孜尔尕哈烽燧”就在库车郊外。

返回库车市区，过盐水沟大桥，穿一片工业园区，在一片旷野中，我远远眺望克孜尔尕哈烽燧。

我迫不及待地让司机加快车速，终于来到克孜尔尕哈烽燧跟前。

这一烽燧叫克孜尔尕哈，不仅是世界文化遗产，还是国家重点保护文物。克孜尔尕哈是维吾尔语，意为“红色哨卡”。

据讲解员介绍：“烽燧始建于汉代，是库车古建筑中最为典型的一种，四周围板夹之，层层夯筑，每层加树干为筋骨。”

这一天，是非常有价值、非常有意义的一天！因为我见证了长城国

家文化公园（新疆段）的头号项目工程，亲眼看见了世界文化遗产克孜尔尕哈烽燧！尽管走了弯路，最终还是如愿以偿。

再见了，新疆长城国家文化公园一号保护工程！

告辞了，库车市美丽壮观的“克孜尔尕哈烽燧”！

后记

早就想写长城，但一直忙于写“看世界”系列丛书，抽不出时间。

凡事有因。2019年7月24日国家审议通过了《长城、大运河、长征国家文化公园建设方案》，这就坚定了我的决心和信念。

于是，我开启了长城万里行实地考察踏访，掌握第一手资料。当然，有些长城段我曾去过，而且去过不止一次，但有些长城遗址近在咫尺，从来也没有去过，如井陉关。

这次踏访新疆，印象太深了，因为长城国家文化公园包含了新疆地区的长城遗址，为此新疆地区的采风成为长城万里行的重中之重。

新疆地域广阔，有大漠、戈壁、高山、峻岭，造成采访的不确定性增加。尉犁县城通向罗布泊核心地带，共有11座烽火台，为去孙基烽火台，我们三辆越野车被漫天的风沙吹得几乎失去方向。若羌通向罗布泊的路上，戈壁大漠中气温高达75摄氏度。在这样恶劣的环境中，采访的困难可想而知。

遇到更多意想不到的是在塔克拉玛干沙漠中的走访。在沙浪滚滚的荒漠中，很不容易找到了“西域都护府”遗址。但被工作人员制止，既不让进，也不许拍照，我只在远处照了一张便被劝离。在墨玉县，踏访扎瓦烽火台、红白山烽燧，都处在塔克拉玛干大漠中，我乘坐的汽车多次趴窝，大半天也没有找到遗址地址，好不容易遇到了一位当地人，但他一句汉语也听不懂，几经寻找，最后才在大漠深处找到了烽燧遗址。

踏访中，不仅仅是大漠、戈壁，还要经受高海拔的考验。我去和静县探寻阿拉沟长城古堡，沿着天山而上，海拔一直上升到4000多米，弄得头昏脑涨，车行7个多小时才到达阿拉沟城堡，途中还不断遇到堵车、坍塌，一直走到县境的边缘，才见到古堡遗址。

语言不通是个大障碍。在库车去找“克孜尔尕哈烽燧”，因司机听不懂我的汉语，为“烽燧”之中一字之差，多走了冤枉路，竟跑到了阿克苏境内，影响了行程。

长城行，一路走来，多是白天采访，前半夜写稿，后半夜发稿。尽管劳累，但很充实。

到目前，我现已创作出版了《乡路》《乡情》《乡曲》《春韵》《西藏穿行》《穿越大西北》等20部著作和一部电视剧《先遣连》（编剧），其中10部“看世界”系列丛书陆续发行，24集长篇电视连续剧《先遣连》（编剧）已在中央电视台播出并获得“飞天奖”一等奖，《去北美》《去欧洲》获“彩凤奖”特等奖，《进军阿里》获“五个一工程”奖。这些作品的出版发行和长篇电视连续剧播出后，受到广大读者和观众的好评。

图文并茂，是现在读书的时尚，书中插入了很多实地拍摄的照片。在此，特别感谢张晓林、许民、凌芸、陈绍清、秦虹、徐树春、赫金悦、干志强、丁改生等为我提供了我没有抓拍到或没有拍好的照片。因为一些不可抗拒的因素，一些实景我无法拍到，或拍得不漂亮，或需要航拍，没办法只有借助同事们的帮助了，如平山县天桂山的“归”字，我怎么也拍不好。

“不到长城非好汉！”亲爱的读者同志们，敬请您跟随我的镜头，去领略我们伟大祖国的脊梁万里长城吧！

王喜民

于石家庄2022年10月28日